LUUANDA

José Luandino Vieira

LUUANDA

estórias

EDIÇÕES 70

Edição ilustrada
com desenhos
de José Rodrigues

Direcção gráfica
de Dorindo Carvalho

para Linda

Mu 'xi ietu iá Luuanda mubita ima ikuata sonii...

(de um conto popular)

VAVÓ XÍXI
E SEU NETO
ZECA SANTOS

TINHA mais de dois meses a chuva não caía. Por todos os lados do musseque, os pequenos filhos do capim de novembro estavam vestidos com pele de poeira vermelha espalhada pelos ventos dos jipes das patrulhas zunindo no meio de ruas e becos, de cubatas arrumadas à toa. Assim, quando vavó adiantou sentir esses calores muito quentes e os ventos a não querer mais soprar como antigamente, os vizinhos ouviram-lhe resmungar talvez nem dois dias iam passar sem a chuva sair. Ora a manhã desse dia nasceu com as nuvens brancas — mangonheiras no princípio; negras e malucas depois — a trepar em cima do musseque. E toda a gente deu razão em vavó Xíxi: ela tinha avisado, antes de sair embora na Baixa, a água ia vir mesmo.

A chuva saiu duas vezes, nessa manhã.

Primeiro, um vento raivoso deu berrida nas nuvens todas fazendo-lhes correr do mar para cima do Kuanza. Depois, ao contrário, soprou-lhes do Kuanza para cima da cidade e do Mbengu. Nos quintais e nas portas, as pessoas perguntavam saber se saía chuva mesmo ou se era ainda brincadeira como noutros dias atrasados, as nuvens reuniam para chover

LUUANDA

mas vinha o vento e enxotava. Vavó Xíxi tinha avisado, é verdade, e na sua sabedoria de mais-velha custava falar mentira. Mas se ouvia só ar quente às cambalhotas com os papéis e folhas e lixo, pondo rolos de poeira pelas ruas. Na confusão, as mulheres adiantavam fechar janelas e portas, meter os monas para dentro da cubata, pois esse vento assim traz azar e doença, são os feiticeiros que lhe põem.

Mas, cansado do jogo, o vento calou, ficou quieto. Durante algum tempo se sentiram só as folhas das mulembas e mandioqueiras a tremer ainda com o balanço, e um pírulas, triste, cantando a chuva que ia vir. Depois, pouco-pouco, os pingos da chuva começaram cair e nem cinco minutos que passaram todo o musseque cantava a cantiga d'água nos zincos, esse barulho que adiantou tapar os falares das pessoas, das mães gritando nos monandengues para sair embora da rua, carros cuspindo lama na cara das cubatas, e só mesmo o falar grosso da trovoada é que lhe derrotava. E quando saiu o grande trovão em cima do musseque, tremendo as fracas paredes de pau-a-pique e despregando madeiras, papelões, luandos, toda a gente fechou os olhos, assustada com o brilho azul do raio que nasceu no céu, grande teia d'aranha de fogo, as pessoas juraram depois as torres dos reflectores tinham desaparecido no meio dela.

Com esse jeito choveu muito tempo.

Era meio-dia já quase quando começou ficar mais manso, mesmo com o céu arreganhador e feio, todo preto de nuvens. O musseque, nessa hora, parecia era uma sanzala no meio da lagoa, as ruas de chuva, as cubatas invadidas por essa água vermelha e suja correndo caminho do alcatrão que leva na Baixa ou ficando, teimosa, em cacimbas de nascer mosquitos e barulhos de rãs. Tinha mesmo cubatas caídas e as pessoas, para escapar morrer, estavam na rua com as imbambas que salvaram. Só que os capins, aqueles que conseguiam espreitar no meio das lagoas, mostravam já as cabeças das folhas lavadas e brilhavam uma cor mais bonita para o céu ainda sem azul nem sol.

Na hora que Zeca Santos saltou, empurrando a porta de repente e escorregou no chão lamacento da cubata, vavó pôs um grito pequeno, de susto, com essa entrada de cipaio. Zeca riu; vavó, assustada, refilou:

—Ená, menino!... Tem propósito! Agora pessoa de família é cão, não é? Licença já não pede, já não cumprimenta os mais-velhos...

— Desculpa, vavó! É a pressa da chuva!

Vavó Xíxi muxoxou na desculpa, continuou varrer a água no pequeno quintal. Tinha adiantado na cubata e encontrou tudo parecia era mar: as paredes deixavam escorregar barro derretido; as canas

LUUANDA

começavam aparecer; os zincos virando chapa de assar castanhas, os furos muitos. No chão, a água queria fazer lama e mesmo que vavó punha toda a vontade, nada que conseguia, voltava sempre. Viu bem o melhor era ficar quieta, sentou no caixote e, devagar, empurrou as massuícas no sítio mais seco para fazer o fogo, adiantar cozinhar almoço.

Lá fora, a chuva estava cair outra vez com força, grossa e pesada, em cima do musseque. Mas já não tinha mais trovão nem raio, só o barulho assim da água a correr e a cair em cima da outra água chamava as pessoas para dormir.

— Vavó?! Ouve ainda, **vavó**!...

A fala de Zeca era cautelosa, mansa. Nga Xíxi levantou os olhos cheios de lágrimas do fumo da lenha molhada.

— Vamos comer é o quê? Fome é muita, vavó! De manhã não me deste meu matete. Ontem pedi jantar, nada! Não posso viver assim...

Vavó Xíxi abanou a cabeça com devagar. A cara dela, magra e chupada de muitos cacimbos, adiantou ficar com aquele feitio que as pessoas tinham receio, ia sair quissemo, ia sair quissende, vavó tinha fama...

— Sukua'! Então, você, menino, não tens mas é vergonha?... Ontem não te disse dinheiro 'cabou?

Não disse para o menino aceitar serviço mesmo de criado? Não lhe avisei? Diz só: não lhe avisei?...

— Mas, vavó!... Vê ainda!... Trabalho estou procurar todos os dias. Na Baixa ando, ando, ando — nada! No musseque...

— Cala-te a boca! Você pensa que eu não lhe conheço, enh? Pensa? Está bom, está bom, mas quem lhe cozinhou fui eu, não é!?

Tinha levantado, parecia as palavras punham-lhe mais força e juventude e ficou parada na frente do neto. A cabeça grande do menino toda encolhida, via-se ele estava procurar ainda uma desculpa melhor que todas desses dias, sempre que vavó adiantava xingar-lhe de mangonheiro ou suinguista, só pensava em bailes e nem respeito mesmo no pai, longe, na prisão, ninguém mais que ganhava para a cubata, como é iam viver, agora que lhe despediram na bomba de gasolina porque você dormia tarde, menino?...

— Juro, vavó! Andei procurar trabalho...

— O menino foste no branco sô Souto, foste? Te avisei ainda para ir lá, se você trabalha lá, ele vai nos fiar almoço!... Foste?

Zeca Santos fechou a cara magra com as palavras da avó. Na barriga, o bicho da fome, raivoso, começou roer, falta de comida, dois dias já, de manhã só mesmo uma caneca de café parecia era água, mais nada. Vavó quase a chorar lhe sacudiu da esteira com a vassoura para ele ir embora procurar serviço na Baixa e quando Zeca saiu, ainda falava as palavras cheias de lágrimas, lamentando, a arrumar as coisas:

— Nem maquezo nem nada! Aiuê, minha vida! Esta vida está podre!...

Agora, recolhida no canto, continuava soprar o fogo; a lata de água fervia, mas nada que tinha para pôr lá dentro.

— Mas, vavó, vamos comer?

— Ih?! Vamos comer, vamos comer!... Vamos comer mas é tuji! Menino trouxeste dinheiro, trouxeste, para comprar as coisas de comer?... Todos dias nas farras, dinheiro que você ganhaste foi na camisa e agora vavó quero comer, vavó vamos comer é o quê?! Juízo, menino!

Continuou abanar o fogo com raiva, a lenha já estava arder muito bem, cheia de estalos, fazendo mesmo pouco fumo, mas vavó não podia ficar ainda calada. Lamentou outra vez:

— Aiuê!... Não te disse para ir no sô Souto? Cadavez se você ia lhe ajudar, ia nos fiar outra vez, cadavez quem sabe...

— O branco sô Souto, o branco sô Souto! Vê só, vavó, vê ainda, mira bem!

Zeca Santos estava tirar a camisa amarela de desenhos de flores coloridas, essa camisa que tinha--lhe custado o último dinheiro e provocado uma grande maca com vavó. Na pouca luz da cubata e do dia sem sol, as costas estreitas de Zeca apareceram com um comprido risco vermelho atravessado. Vavó levantou com depressa e passou as mãos velhas e cheias de calos nas costas novas do neto.

— Aka! Como é o menino arranjaste?... Diz só! Fal'então!?

Mas ele já tinha vestido outra vez a camisa. Virado para vavó Xíxi, empurrou-lhe devagar para ir no caixote dela e sentando o comprido corpo magro na mesa pequena, começou falar triste, disse:

— Vavó me disseste para eu ir lá e eu fui. Verdade! Nem mesmo a chuva que tinha começado a chover e a fome estava-me chatiar nessa hora...

Sô Souto recebera-lhe bem, amigo e risonho, pôs mesmo a mão no ombro dele para falar:

— Pois claro! Para o filho de João Ferreira tenho sempre qualquer coisa. E a avó, vai bem? Diz ela não precisa ter vergonha... a conta é pequena, pode vir ainda cá...

LUUANDA

Tinha desaparecido depois, na direcção do armazém, arrastando a barriga dele dentro da camisola suja e Zeca Santos distraiu-se a olhar a bomba da gasolina com tambor e manivela de medir, não era automática como as da Baixa, não senhor. E dois vidros amarelos, cada qual marcando cinco litros...

— Juro, vavó, não fiz nada, não disse nada! Só tinha-lhe pedido para trabalhar na bomba de medir gasolina, mais nada... Só para comer e para te fiar comida ainda, vavó! E ele estava rir, estava dizer sim senhor, eu era filho de João Ferreira, bom homem e depois nem dei conta, vavó...

Zeca Santos queria chorar, os olhos enchiam de água, mas a raiva era muita e quente como tinha sido o grito do cavalmarinho nas costas dele e esse calor mau secava as lágrimas ainda lá dentro dos olhos, não podiam sair mesmo.

— ... me arreou-me não sei porquê então, vavó! Não fiz nada! Quando eu fugi, ficou me gritar ia pôr queixa no Posto, eu era gatuno como o Matias que andava lhe roubar o dinheiro da gasolina quando estava trabalhar lá...

— Ih!? Mas esse menino está preso mesmo, mentira?

— Sim, vavó! Foi ele que lhe levou no Posto. E estava-me gritar eu era filho de terrorista, ia-me pôr uma queixa, não tinha mais comida para bandidos, não tinha mais fiado...

Vavó Xíxi Hengele, velha sempre satisfeita, a vida nunca lhe atrapalhava, descobria piada todo o dia, todos os casos e confusões, não queria acreditar essas coisas estava ouvir, mas as costas do neto falavam verdade.. Um branco como sô Souto, amigo de João Ferreira, como é ele ia ainda bater de chicote no menino só porque foi pedir serviço? Hum!... Muitas vezes Zeca tinha começado com as manias antigas, o melhor era procurar saber a verdade inteira...

— Mas ouve ainda, Zeca! Você não lhe tiraste nada? Nem mexeste mesmo nas roupas da porta, só para ver?...

Cautelosa, com toda a esperteza e técnica dos anos que tinha vivido, vavó Xíxi começou explorar o neto, pôr perguntas pareciam à toa mas eram para descobrir se ele falava mentira. Zeca não aceitou: saltou da mesa, os sapatos furados puseram um barulho mole no chão de barro, e gritou raivoso, defendendo-se:

— Vavó, possa! Não sou ladrão! Não roubei nada! Só queria o serviço, juro, vavó!

Os grandes soluços, as lágrimas brancas a descerem na cara magra dele, a cabeça encostada na

LUUANDA

mesa e escondida nos braços, todo o corpo a tremer sacudido com a dor desse falso, com a raiva que a fome trazia, calaram a boca de vavó.

Lá fora, a chuva tinha começado cair mais fina e vagarosa, parecia era mesmo cacimbo, e muitas pessoas já que adiantavam sair, os monas com suas brincadeiras de barcos de luando e penas de pato nas cacimbas do musseque. Junto com os estalos da lenha a arder e o cantar da água na lata, os soluços de Zeca Santos enchiam a cubata com uma tristeza que, pouco-pouco, começou atacar vavó, fez a cabeça velha ficar abanar à toa, pensando essa vida assim, sem comida, trabalho nada, no choro do neto, nessa vez parece ele tinha razão. Mas também Zeca não ganhava mais juízo, quando estava ganhar o vencimento no emprego que lhe correram, só queria camisa, só queria calça de quinze em baixo, só queria peúga vermelha, mesmo que lhe avisava para guardar ainda um dinheiro, qual?! Refilava ele é que ganhava e só farra, farra, acordar tarde, sair nas corridas até que lhe despediram. Uma grande ternura, uma grande vontade de lhe deitar no colo como nos tempos do antigamente, de monandengue chorão e magrinho, adiantou entrar no coração dela, velho e cansado; para disfarçar, foi, sem barulho, desembrulhar o pacote ela tinha trazido da Baixa.

A chuva já estava calada e um fresco vento molhado punha pequenas ondas nas águas barrentas das cacimbas, sacudia as gotas das folhas dos paus.

Os zincos despregados batiam devagar com esse sopro. O barulho do papel a desembrulhar debaixo da mesa, as costas dobradas de vavó, os pés dela, descalços e grossos, espetados no chão vermelho de lama, obrigaram Zeca Santos a levantar a cabeça ainda cheia de lágrimas. Tudo parecia-lhe agora mais claro, mais leve, sem tantas sombras; a dor na barriga já não estava lá, era só fresco, vazio, nesse sítio, parece mesmo não tinha mais nada, era oco aí, como as coisas dentro da cubata estavam também a ficar. E o olhar bom de vavó, desembrulhando o jornal na frente dele, vinha de longe, parecia ela mesmo uma sombra.

— Zeca! Olha ainda, menino... Parece estas coisas é mandioca pequena, vou lhes cozer. E tem esta laranja, vê ainda, menino! Arranjei para você...

E foi nessa hora, com as coisas bem diante da cara, o sorriso de vavó cheio de amizade e tristeza, Zeca Santos sentiu uma vergonha antiga, uma vergonha que lhe fazia querer sempre as camisas coloridas, as calças como sô Jaime só quem sabia fazer, uma vergonha que não lhe deixava aceitar comida, como ainda nessa manhã: Maneco tinha querido dar meia-sandes, voltara-lhe. Agora enchia-lhe no peito, no coração. Fechou os olhos com força, com as mãos, para não ver o que sabia, para não sentir, não pensar mais o corpo velho e curvado de vavó, chupado da vida e dos cacimbos, debaixo da chuva, remexendo com suas mãos secas e cheias de nós, os caixotes de lixo dos bairros da Baixa. As laranjas quase todas podres, só ainda um bocado é que se aproveitava em cada uma e, o pior mesmo, aquelas mandiocas pequenas, encarnadas, vavó queria enganar, vavó queria lhes cozer para acabar com a lombriga a roer no estômago...

Nem Zeca mesmo podia saber o que sucedeu: saltou, empurrou vavó Xíxi e, sem pensar mais nada, antes que as lágrimas iam lhe nascer outra vez nos olhos, saiu a gritar, a falar com voz rouca, a repetir parecia era maluco:

— São dálias, vavó! São flores, vavó! É a raiz das flores, vavó!

A porta inchada com a chuva não entrou no caixilho dela. Bateu com força uma vez, duas vezes; ficou depois a ranger, a chorar baixinho essa saída de Zeca. Vavó Xíxi, no meio da cubata escura e cheia de fumo mal soprado, olhava a saída do neto, segurando nas mãos a tremer as raízes de dália e abanando a cabeça num lado e noutro, sem mesmo dar conta, parecia era um boneco de montra de lotaria.

*

... Dona Cecília de Bastos Ferreira, sentada na cadeira de bordão, na porta da casa, vê passar o vento fresco das cinco horas, mas as moscas não lhe largam. É dezembro, calor muito; seu homem, Bastos Ferreira, mulato de antiga família de condenados, saiu já dois quinze dias para negociar no mato perto, acompanhando grande fila de monangambas, fazendo o caminho a pé com os empregados dele, tipóia não gostava, dizia que homem não anda nas costas de outro homem.

O sol desce mangonheiro para trás do morro da Fortaleza e todo o Coqueiros está a se cobrir com uma poeira de luz que faz parecer o mar, lá adiante, vidro de espelho. Mas as moscas pousam-lhe muito e a voz de Cecília Ferreira, nga Xíxi para as amigas e vizinhas, põe, de repente, confusão no meio das raparigas dentro da casa, cortando, cosendo e engomando panos e as roupas de vender.

— Madía, Madí'é!... Venha cá!

E nga Xíxi, dona Cecília, que está morar nos Coqueiros em casa de pequeno sobrado, com discípulas de costura e comidas, com negócio de quitanda de panos, fica-se, gorda e suada, sentindo o bom do vento do abano que Maria está abanar ali mesmo, na cara da rua.

É fim da tarde, as pessoas passam para suas casas e o respeito pelos Bastos Ferreira sai nos cumprimentos, nos sorrisos, no curvar das costas, nas palavras:

— Nga Xíxi, como vai? Vai bem? E o seu homem?

LUUANDA

— Gozando o fresco, dona Cecília?... Os meus respeitos!

Tem mesmo o branco Abel, malandro empregado da Alfândega, que chega, respeitador e interesseiro, para beijar a mão negra da mulher de pele brilhante.

— Os sinceros respeitos a V. Ex.ª deste humilde admirador!

Ri os dentes brancos dela, parece são conchas, xuculula-lhe, mas não é raiva nem desprezo, tem uma escondida satisfação no fundo desse revirar dos olhos bonitos e, no fim, aponta a esteira, quase séria:

— Brinque com o Joãozinho, Abel! Se Bastos Ferreira sabe as suas palavras... você, Abelito, vai sujar as calças!

E despede-o com um muxoxo, a conversa com esse homem pode ser de perigo se lhe dá confiança, o rapaz tem fama. Lá dentro, as discípulas recomeçam o barulho do trabalho, dos risos e cantigas: tinham parado, curiosas, sempre nessa hora gostavam ouvir os quissendes de nga Xíxi no rapaz da Alfândega.

Dona Cecília continua tomando conta de Joãozinho, monandengue quieto, de grandes olhos quase parados. O vento do fim do dia vem, com as cores do sol a fugir no mar, cobrir, tapar o Coqueiros, e é um sol muito grande, grande, que cresce, encarnado, a queimar as cores das casas, o verde dos paus, o azul do céu...

... Sentada no chão molhado da porta da cubata, nga Xíxi Hengele, como lhe chamam no musseque — boca dela tem sempre piada, mesmo se é conversa de óbito não faz mal, ela sempre fala de maneira que uns riem, outros não estão perceber — resmunga num estreito raio de sol fugido das nuvens para lhe bater na cara velha e magra. Vavó pisca os olhos, sente o corpo mole, a boca amarga, a cabeça pesada. Lembra depois os pensamentos, quase estivera a sonhar; um sorriso triste vem-lhe torcer os riscos todos na cara seca. Fala só para o seu coração:

— Nga Xíxi!... Dona Cecília!... P'ra quê eu lembrei agora?!

Ri um riso triste, gasto, rouco do tabaco das cigarrilhas fumadas para dentro.

— Auá! Se calhar é por causa as mandiocas eu comi...

Verdade a barriga está lhe doer. Esses dias todos só água de café e então, de repente, cozinhou aquelas batatas, comeu-lhes todas, muitas vezes era isso que tinha-lhe feito mal. Gosto delas não era bem mandioca, batata-doce também não era, esses são gostos vavó conhece mesmo, mas não aceita lembrar outra vez as palavras do neto saindo, zangado, naquela hora do almoço...

— Oh!... Não vou morrer, e a fome já não tenho...

Mas essas ideias, aparecidas durante o sono, não querem lhe deixar, agarram na cabeça velha, não aceitam ir embora, e a lembrança dos tempos do antigamente não foge: nada que faltava lá em casa, comida era montes, roupa era montes, dinheiro nem se fala... Continua ali a morder-lhe, mesmo agora, não sendo mais dona Cecília Bastos Ferreira. E vavó não resiste, não luta; para quê? Deixa esses farrapos das coisas antigas brincarem na cabeça, porem pena, tristeza; continua só repetindo, baixinho, parece quer dar sua desculpa em alguém:

— É a vida!... Deus é pai, não é padrasto. Deus é que sabe!...

No sol pequeno, pelejando com as nuvens ainda a tapar o azul do céu, vem um calor fresco da água que caiu. Pelos fios, atravessando o musseque, as piápias estão pousadas em bandos, esquecendo, distraídas, as fisgas dos miúdos. Os pardais já saltam, pardal não sabe andar, e vão assim, pelo chão molhado, apanhar as jingunas de encher os papos. Nos troncos mais novos das mulembas, plim-plaus e rabos-de-junco estão cantar a derrota que dão nos figos desses paus. Marimbondos saem malucos dos ninhos deles, nos cajueiros; os gumbatetes aproveitam o barro para adiantar construir as casas. Das cubatas, as galinhas e os pintinhos já saíram muito tempo, chovia pequeno ainda e todo o chão de sítio de gafanhotos e salalés e formigas está remexido. Só os cães ficaram nas portas, enrolados no fundo dos buracos, aproveitando a areia fresca.

Mas vavó não sente esse barulho da vida à volta dela. Tem o soprar do vento, o bater dos zincos; nalguns sítios, o cantar da água a correr ainda e, em cima de tudo, misturando com todos os ruídos, o zumbir das vozes das pessoas do musseque, falando, rindo, essa música boa dos barulhos dos pássaros e dos paus, das águas, parece sem esse viver da gente o resto não podia se ouvir mesmo, não era nada. Tudo isso é para vavó muito velho, muito antigo, sempre a vida dela lhe conheceu todos os anos, todos os cacimbos, todas as chuvas, e agora, nessa hora, a barriga estava lhe doer, a cabeça cada vez mais pesada, o corpo com frio. Vontade para ir dentro da cubata também já não tem; deixa-se ficar assim mesmo, sentada, as moscas pousadas nos panos pretos, a boca respirando com força o ar novo que está soprar, os olhos quase fechados...

— Boa-tarde, vavó Xíxi. Como passa?

Abre os olhos, quer sorrir; o sol na cara não deixa. Conhece nga Tita, fala:

— Ai! Bem 'brigada, menina. Gregório, então?

Nga Tita baixa a cabeça, encolhe os ombros; responde depois, mais corajosa:

— Sempre o mesmo, nga Xíxi. Lá está...

Velha Xíxi encosta as mãos na parede e sua amiga ajuda-lhe a levantar, devagar, com jeito, o reumatismo espera esses dias frescos para atacar, os vizinhos sabem.

— Aiuê, nossa vida. Vida de pobre é assim.

— Pois é, vavó!... Sukuama! Mas ninguém mesmo que me diz quando vai sair, nem nada. Falei no chefe, jurei mesmo meu homem não é terrorista, não senhor, dormia comigo sempre na cama, como é estava andar em confusões e essas coisas que eles querem?...

Vavó Xíxi suspirou, a barriga mordia, estava .doer muito.

— É verdade, menina! Mas é assim, os brancos não aceitam...

— Ih! Falou-me eu é que dormia com ele mas ele é que conhecia bem... Veja só, vavó, veja só essa vida!... Bem! Logo-é! Quando vou voltar, paro mais para falar com a senhora.

— 'brigada, menina. Mas diz ainda...

LUUANDA

E a voz de nga Xíxi começou com essas palavras a fazer abrir mais os olhos quietos dela. A curiosidade, essa mania de vavó saber mesmo tudo como era, de pôr sempre sua fala, sua sentença, opinião dela saía logo-logo, obrigou-lhe a falar:

— ...Vai longe?...

— Em casa do sô Cristiano, vavó.

— Fazer o quê então, no sô Cristiano?

— Não sabe? Ai, não sabe? Mulher dele lhe nasceu uma menina!

— Ená! Outra? Possa! Esse homem só sabe fazer as raparigas!

— É verdade, vavó! E quis-lhe arrear, veja só. Diz a culpa é dela. No dia mesmo que a pobre pariu, vejam só!

Vavó Xíxi riu: o riso gasto e velho dela parecia mais novo, neste assunto. Os olhos pequenos, escondidos no fundo dos ossos, piscavam muito e toda a cara, iluminada pelo sol que já brilhava, parecia tinha azeite-palma. Nga Tita chegou mais perto para contar: a menina nascera cassanda, isso mesmo vavó, nasceu branca, branca, parecia era ainda filha de ngüeta, se ela não lhe conhecia bem na sua amiga Domingas, podia ficar pensar muitas vezes um branco tinha-se enganado na porta da cubata...

31

Vavó ria, batia as mãos satisfeita, gozando, fechando os olhos, pondo muxoxo, dobrando na cintura para rir ainda com mais força. E quando nga Tita despediu outra vez e saiu, também a rir, pela areia molhada adiante, caminho do Rangel, vavó encontrou a sua coragem antiga, sua alegria de sempre e mesmo com o bicho da fome a roer na barriga, foi-lhe gritando, malandra e satisfeita:

— Sente, menina! Mu muhatu mu 'mbia! Mu tunda uazele, mu tunda uaxikelela, mu tunda uakusuka...

*

Vinham andando os dois, calados agora no fim de muita conversa na hora do almoço. Maneco, as mãos nas algibeiras do macaco cheio de óleo, fumava; Zeca Santos olhando todos os vidros e os olhos das raparigas que passavam para gozar bem a vaidade que lhe fazia essa sua camisa amarela, florida. Devagar, ao lado do amigo, ia sentindo cada vez mais um fogo a crescer no estômago, a avançar no sangue, trepando na cabeça, pondo nuvem fina de cacimbo na frente dos olhos. Mas era melhor assim. Tinha esquecido a lombriga a roer, tinha esquecido mesmo vavó e as raízes que queria lhe dar no almoço, tinha esquecido o trabalho que não conseguia arranjar...

Quatro horas eram já quase e, à toa, seguiam no passeio do Catonho-Tonho, direcção do mar. Zeca Santos tinha dado encontro no amigo dele, agarrara-lhe ainda no emprego, nesse dia Maneco estava sair mais tarde, dia de chuva os carros eram muitos lá na estação de serviço e queria fazer umas horas na vez de um amigo. Por isso é que três horas só Maneco veio para almoçar. Saiu logo conversa desse baile do último sábado, a peleja que tinha passado por causa a Delfina e Maneco gabou Zeca:

— Você arreou-lhe mesmo uma bassula de mestre! Possa! A malta gramou!

Gabado, Zeca Santos endireitou o corpo magro e as orelhas-de-abano — ele tinha raiva essas orelhas, todas as pequenas gostavam lhe gozar e só depois, quando adiantava falar, elas esqueciam na música das palavras — ficaram a arder, quentes. Espreitou a camisa amarela e continuou, vaidoso, ao lado do amigo, caminho da quitanda.

Nessa hora em que deram entrada aí na loja e Maneco cumprimentou sô Sá pedindo dois almoços, o que custou em Zeca foi aquela mentira que saiu logo-logo, nem mesmo que pensou nada, nem ouviu ainda o bicho do estômago a reclamar, só a vergonha é que começou as palavras que arrependeu depois:

— Ih! Dois almoços!? Já almocei, Maneco!

LUUANDA

E mesmo que Maneco não tinha respondido ainda nada, Zeca repetiu, atrapalhado:

— Juro! Comi bem. Estou cheio.

Ai! Mas na sopa de Maneco saía um cheiro bom e quente; a colher descia, subia; aquele barulho dos beiços do lavador de carros a chupar o puré de feijão, tudo isso desafiava Zeca Santos, atrapalhado para disfarçar ainda o cuspo que estava sempre engolir, engolir... Logo-logo veio um guisado de feijão, um cheiroso quitande amarelo parecia era maboque. Mano Maneco comia, sorria, o trabalho de muitas horas pusera-lhe fome grande, mas não parava de falar as pequenas, os bailes, a motorizada cadavez ia lhe comprar mesmo lá no serviço, mas Zeca mirava só os dentes do amigo, amarelos também do azeite, os beiços brilhantes da gordura e nem que falava, ele mesmo, Zeca Santos, que só sabia esses assuntos de farras e pequenas!... Só que a força da barriga é muita e, na hora das bananas, não conseguiu aguentar. Aí, voz de caniço, falou, fingindo não estava dar importância:

— Banana, sim. Fruta eu não tive tempo de comer. O maximbombo, sabe, Maneco...

Mas calou logo a boca, pensou já falara tinha vindo a pé, gostava andar a pé no fim da chuva e ficou espiar se ia ser agarrado na mentira. Maneco, distraído com a comida, não deu conta e Zeca San-

LUUANDA

tos pôde então engolir com depressa duas bananas, nem lhes mastigou nem nada e o copo de palheto é que ajudou-lhe ainda sossegar o roer da barriga. Sentindo mais calma, o estômago a parar os mexeres dele, o cuspo mais quieto na boca e aliviado, falou também as miúdas, a Delfina, os bailes...

Fora, o sol já tinha rasgado os últimos bocados de nuvens e espreitava no meio das folhas das grandes árvores velhas. Devagar, fumando Maneco, Zeca Santos feliz com o vinho na barriga, atravessaram a rua de pedra, deixaram os pés levarem-lhes no cais de cabotagem, na muralha onde, nos domingos e outros dias à noite, as pessoas da Baixa vêm passear com as famílias delas. Sentados na frente do mar escuro e vermelho das águas da chuva, Maneco virou as conversas:

— Mas nada que conseguiste ainda?

— Nada, Maneco! — Zeca esquivou contar o chicote de sô Souto, o melhor era mesmo calar essa história. — Já mais de uma semana que estou procurar trabalho e nada!...

Acendeu outro cigarro, cuspiu na água antes de perguntar:

— E esse do jornal, já foste?

— Ainda.

35

— O melhor é mesmo aproveitar hoje, cadavez, quem sabe?...

— Oh! Não vão me aceitar. Estou magrinho assim, eles falam aí no jornal «escritório e armazém». Você já sabe: sai serviço pesado!

Maneco abriu o recorte e leu o anúncio. Em voz alta, devagar, a descobrir ainda cada letra, só segunda classe é que ele tinha, e ler depressa custava. Quando acabou, levantou de um salto parecia era gato, falou gozão pondo uma chapada nas costas de Zeca:

— Vamos, miúdo!

Chamava-lhe sempre de miúdo quando ia-lhe ajudar nalguma coisa, Zeca já sabia, sorriu. Ao lado do amigo, sentindo a cabeça começar andar às voltas e o mar, muito brilhante, a tremer, falou:

— Eu vou sòzinho, Maneco. Sim? Você falaste que ias ainda ajudar o teu amigo, fazer umas horas dele, lá na oficina...

Maneco lhe agarrou no braço só, ajudando a atravessar a estrada e, antes de sair embora, recomendou:

— Ouve ainda, Zeca. Se aí não consegues, passa na oficina. Então, como você mesmo quer, te levo no Sebastião para amanhã ir no cimento... Mas você é quem quer!

O tempo fugia para a noite; o sol, raivoso, queimava; tinha um céu muito azul, nem uma nuvem que se via, e na Baixa, sem árvores, os raios do sol atacavam mal. A barriga de Zeca Santos já não refilava mas o calor estava em todo o corpo, punha-lhe comichão nos pés, obrigava-lhe andar depressa no meio da gente toda, a sua camisa amarela ia rápida, esquivava os choques, avançando com coragem no anúncio do emprego, arranjando já na cabeça as palavras, as razões dele, ia falar a avó velha, qualquer serviço mesmo que quisessem lhe dar, não fazia mal, aceitava...

Mas na entrada parou e o receio antigo encheu-lhe o coração. A grande porta de vidro olhava-lhe, deixava ver tudo lá dentro a brilhar, ameaçador. Na mesa perto da porta, um rapaz, seu mais-velho talvez, farda de caqui bem engomada, espiava-lhe. Num instante Zeca Santos mirou-se no vidro da porta e viu a camisa amarela florida, seu orgulho e vaidade das pequenas, amarrotada da chuva; as calças azuis, velhas, muito lavadas, todas brancas nos joelhos; e sentiu bem o frio da pedra preta da entrada nos buracos dos sapatos rotos. Toda coragem tinha fugido nessa hora, as palavras que adiantara pensar para dizer a vontade do trabalho e só o bicho na barriga começou o serviço dele outra vez, a roer, a roer. Com medo de sujar, empurrou a porta de vidro e entrou, dirigiu-se ao grande balcão. Mas não teve tempo de andar muito. Um homem grande e magro estava na frente dele olhando-lhe o papel na mão. Zeca ia falar, ele só empurrou-lhe na mesa do contínuo:

— Já sei, já sei. Não digas mais. Vens pelo anúncio, não é? Anda para aqui. Xico, ó Xico!

O rapaz da farda veio nas corridas trazendo bloco de papel e lápis e parou na frente dele, à espera. O homem magro observou bem Zeca Santos nos olhos; depois, depressa, desatou a fazer perguntas, parecia queria-lhe mesmo atrapalhar: onde trabalhou; o que é que fazia; quanto ganhava; se estava casado; qual era a família; se era assimilado; se tinha carta de bom comportamento dos outros patrões; muitas coisas mais, Zeca Santos nem conseguia tempo de responder completo, nem nada. E no fim já, quando Zeca tremia de frio com aquele ar do escritório e o vazio da barriga a morder-lhe, a voz de todos a fugir, longe, cada vez mais longe, o homem parou na frente dele para perguntar, olhando a camisa, as calças estreitas, com seus olhos maus, desconfiados:

— Ouve lá, pá, onde é que nasceste?

— Nasceu onde? — repetiu o contínuo.

— Catete, patrão!

O homem então assobiou, parecia satisfeito, bateu na mesa enquanto tirava os óculos, mostrando os olhos pequenos, cansados.

— De Catete, hem?! Icolibengo?... Calcinhas e ladrões e magonheiros!... E agora por cima, terroristas!... Põe-te lá fora, filho dum cão! Rua, filho da mãe, não quero cá catetes!...

Zeca Santos nem percebeu mesmo como é saiu tão depressa sem dar encontro na porta de vidro. A cara do homem metia medo, parecia tinha ficado maluco, bêbado, todo encarnado a mostrar-lhe com o dedo, ameaçando-lhe, xingando, e todas as pessoas que estavam passar olhavam o rapaz banzado, quieto, levando encontrões e pisadelas, um miúdo pôs-lhe mesmo uma chapada no pescoço. O homem, na porta, continuava com as palavras dele:

— Icolibengo, hem!? Filho da puta!... Se aqui apareces mais, racho-te os chifres!...

De repente, vendo as pessoas nos passeios começarem a parar e perguntar saber os casos, Zeca Santos sentiu o medo a avisar-lhe no coração, um sinal parecia tinha dormido e acordava agora no meio do perigo, no escuro e, com a fome a pôr-lhe riscos encarnados na frente dos olhos, correu pela Rua da Alfândega, para esquivar na confusão de pessoas, na Mutamba.

*

O sape-sape ficava perto da rua, no terreno onde antigamente estava o Asilo República.

Assim, ali sòzinho, de todos os lados as grandes casas de muitas janelas olhavam-lhe, rodeavam-lhe, parecia era feitiço. Sem mais água, só mesmo com a chuva é que vivia e sempre atacado no fumo preto das camionetas, indo e vindo no porto, que ali era o caminho delas, como é essa árvore ainda tinha coragem e força para pôr uma sombra boa, crescer suas folhas verdes sujas, amadurecer os sape-sapes que falavam sempre a frescura da sua carne de algodão e o gosto de cuspir longe as sementes pretas, arrancar a pele cheia de picos? Só mais lá em cima, nas barrocas das Florestas, tinha outros paus. Ali, era só aquele, corajoso, guardando na sua sombra massuícas pretas de fazer comida de monangambas dos armazéns de café, dos aprendizes de mecânico da oficina em frente, mesmo dos homens da Câmara quando vinham com as pás e picaretas e rasgavam a barriga das ruas.

Nessa hora de quase cinco horas as folhas xaxualhavam baixinho e a sombra estendida estava boa, fresca, parecia era água de muringue. Sentado nas pedras negras do fumo, Zeca Santos esperava Delfina mirando, ansioso, a porta da fábrica. Tinha combinado com a pequena, nesse dia ela ia pedir para sair mais cedo, iam dar encontro, Zeca queria adiantar essas falas do baile de sábado. Delfina merengara muito bem com ele e quando o conjunto, depois, rebentou com a música do «Kabulu», ninguém mais lhes agarrou, quase o baile ia ficar só deles os dois,

toda a gente parada a assistir-lhes, vaidosos e satisfeitos. Daí é que nasceu a peleja com João Rosa: o
rapaz andava perseguir a garota, queria-lhe para ele,
mas, nessa noite, Zeca Santos com a satisfação dos
olhos de Delfina, pelejava mesmo que eram muitos.
A sorte ficou do lado dele, azar no lado de João porque, lá fora, a luz era pouca. O rapaz usava óculos
e falhou o soco na cara; aí, sem custar nada, Zeca
caçou-lhe o braço e passou-lhe uma bassula nas costas, mergulhou-lhe em cima da areia.

Mas, mesmo que na peleja Zeca tinha ganhado,
o mulato continuou vir buscar Delfina em seu carro
pequeno, muitas vezes costumava-lhe trazer também
e, nessa hora, era já escuro. Zeca ficava raivado,
pensava o silêncio e o escondido do carro, se calhar
o sacrista adiantava apalpar as pernas da namorada,
muitas vezes, quem sabe? outras coisas mesmo, o
carro estava-lhe ajudar...

Por causa disso, nesse dia tinha decidido. Ou era
dos copos do vinho no almoço e mais outro com Maneco depois que falaram no Sebastião, ou era ainda,
cadavez, essa promessa de trabalho que arranjara,
a verdade agora estava ver tudo com mais confiança,
satisfeito quase. Sem querer mesmo, o pensamento
do dinheiro para mandar consertar sapatos, muitas
vezes umas calças novas, juntava-se com a figura de
Delfina, com seu riso e seu falar, seu encostar pequeno e bom, na hora dos tangos, na farra...

LUUANDA

Sebastião tinha-lhes recebido bem, Maneco era amigo. Grande, careca quase, o homem falou com voz grossa em Zeca Santos, apalpou-lhe ainda os braços, depois cuspiu. Mas Maneco estava a ajudar-lhe:

— Deixa, Mbaxi! O rapaz precisa...

Sebastião Cara-de-Macaco — Polo ia Hima, como gritavam todos os homens do cariengue, por ali deitados nas sombras das árvores, esperando as camionetas — foi avisando o trabalho era pesado, pega sete horas, despega seis horas e todo o dia é aguentar os sacos de cimento nas costas, carregar as camionetas, descansar só mesmo para uma sandes de peixe frito. E depois o pior é esse pó toda a hora, ainda que põe lenço na boca, ele entra na mesma.

— E você, rapaz, és fraco! Não quero t'aldrabar!...

Zeca Santos resmungou qualquer coisa, nem ele mesmo que percebeu o quê, o homem fazia respeito com seu largo peito e braços pareciam eram troncos de pau, a voz grossa, as pernas grandes saindo duma calça rasgada em feitio de calção. Apontando em todos os outros por ali sentados ou deitados, Sebastião riu um grande riso de dono e falou-lhes, mais baixo agora:

— Você vai roubar serviço num desses homens!... Mas deixa só! Eu é que escolho quando vêm os camiões... e você vai comigo!

Maneco apertou-lhe a mão para despedir, mas o homem não aceitou. Continuou rir, ria, e falou outra vez. Zeca Santos não percebia porquê o homem ria assim, mas as palavras espantaram:

— Os gajos costumam pagar quarenta, nesse serviço. Já foi sessenta cada dia, mas tem sempre cada vez mais gente aqui para trabalhar e os sacanas fazem abatimento...

Olhou para todos os lados, calado e desconfiado agora, e os olhos brilharam na cara achatada de grande queixo.

— Dez paus cada dia, são para mim. Aceitas?

Zeca Santos abriu a boca, mas Maneco já refilava:

— Ená, Mbaxi! Vê ainda o rapaz, pópilas! Tem pessoa de família para comer...

— E eu? Não tenho meus sete filhos? Como vou dar de comer? Enh? E vestir? Se não aceita tem aí quem me dá mesmo metade, se lhe deixo ir no cimento!

Maneco quis ainda protestar, arranjar abatimento, cinco estava muito bem, o rapaz tinha de fazer força, lutar, não estava habituado, merecia o vencimento...

LUUANDA

— Por isso mesmo! — riu. — Por isso mesmo!
O miúdo vai fazer mangonha, eu é que vou lhe carregar o resto dele...

No meio desse riso assim, que lhe sacudia os mús-
culos dentro da camisola, virou-lhes as costas e
adiantou deitar outra vez debaixo da velha árvore
onde estava, gritando depois:

— Seis horas, sem falta! Se não, entra outro!
E dez paus...

Maneco pôs-lhe um manguito e Zeca Santos foi
ainda muito tempo com um peso no coração, nem lhe
apetecia falar, antes de despedir o amigo e chegar
na porta da fábrica de tabacos, adiantar combinar
encontro com Delfina.

Mas agora, com a rapariga ali ao lado, não tinha
mais lembrança de Sebastião Polo ia Hima. O calor
começava já fugir com medo da noite que vinha e
um vento, guardando o fresco da chuva da manhã,
batia o vestido de Delfina de encontro às pernas fortes, ao corpo rijo dela. O capim verde convidava de
todos os lados e, molhado como estava, punha cócegas nos pés de Zeca Santos, metendo-se nos sapatos
rotos. Ia muito calado, não sabia mais o que dizer
a Delfina, tudo quanto estava inventar debaixo do
sape-sape, essas palavras doces que nasciam à toa
no calor das farras, agora ali não aceitavam sair.
Pelo carreiro acima, devagar, sentia as cigarras a

cantar nos troncos das acácias, o vento a dançar os ramos cheios de flores, as folhas murmurando uma conversa parecia de namorados, todo o barulho das picas, dos pardais, dos plim-plaus aproveitando os bichos das chuvas. Delfina vinha com um pequeno sorriso escondido, de fazer-pouco, e foi ela quem adiantou interromper esse silêncio:

— Ená! Então você me dá encontro e não dizes nada?

— Oh!... O que eu quero falar você já sabe, Fina!

— Ih!? Já sei? Quando é que falaste? E trabalho, já arranjaste?

Sério, com esse assunto Zeca ficou calado. Delfina sempre lhe falava esses casos do trabalho e mesmo quando ele queria fazer-pouco o João Rosa, cafofo e mais não sei quê, a rapariga refilava, assanhada:

— Você tens é raiva! O rapaz trabalha, tem seu carro dele, e fala-me mesmo para casar comigo...

Gostava muito de Delfina, queria mesmo ela sabia todas coisas da vida dele, mas como ia-lhe contar então o que tinha sucedido nesses dias de procura de trabalho? Ou mesmo falar esse trabalho de carregar cimento no porto, serviço assim só de monangamba? Ela não ia aceitar, ia-lhe deixar naquela hora, naquele sítio, no meio do caminho das barrocas. Também dizer não tinha trabalho, não encontrava serviço, era pior. Delfina continuava falar, sentia-se mesmo na voz dela era só para fazer raiva, dizia João Rosa já tinha-lhe prometido falar no patrão para lhe mudarem no escritório; que ela devia mas é ir mesmo na escola da noite; que, depois, queria se casar com ela, se ia aceitar namoro dele e mais outras conversas, só para irritar Zeca Santos. Essas palavras magoavam-lhe lá dentro, sentia tristeza, vergonha dele mesmo, mas também sorte não tinha, gostava a pequena, o pior é que trabalho de todos os dias custa encontrar. Pensou a tarde já estava a ser boa com esse encontro, pena Delfina estar lhe xingar assim. Medroso, agarrou-lhe no braço e baixando a voz falou como ele sabia:

— Ouve então, Fininha. Você esqueceste o sábado? Aquilo que disseste, enh? Para quê você está se zangar? E depois, falar assim à toa nesse sunga-dibengo de Rosa, para quê? Eu não fico raivado, qu'é que você pensa? Agora tenho o meu emprego aí com Maneco, na estação de serviço... E depois, você sabe, você viu no baile, Marcelina anda-me chatiar...

— Ih! Essa sonsa?! Sukuama! Já viram? Tem nada de cheirar?...

Calou-se logo, Delfina. O sorriso de Zeca Santos estava na frente dela, um sorriso ela gostava e tinha raiva ao mesmo tempo, ficava parecia era cara de gato quando anda brincar com o rato...

Devagar, com toda a técnica ele tinha estudado, desviou-lhe do caminho onde iam, atravessaram um bocado de capim, borboletas e quinjongos saltaram para todos os lados. Sentados debaixo de uma grande acácia, vermelha de flores, Zeca puxou Delfina na cintura, mostrando-lhe só os olhos a rir, uns olhos de criança malandra que ela gostava. Mesmo assim não aceitou: tirou-lhe as mãos atrevidas, arranjou o vestido e ela é que sentou como quis, ali perto, puxando a chita de cores para cima dos joelhos, agarrando-lhe com as mãos por baixo das coxas fortes.

Zeca Santos ficou um tempo deitado a chupar um capim, sem falar nada; depois rastejou parecia era sardão, na direcção de Delfina, mirando-lhe com olhos doces e amigos. A menina nem nada que disse, deixou só a cabeça dele deitar no colo, era bom sentir assim aquele peso, o calor dele contra a barriga, as orelhas-de-abano a mostrarem bem o feitio da cabeça, os olhos cheios de felicidade. Sem mesmo poder parar-lhes, as mãos dela começaram a pôr festas de sumaúma na carapinha, na pele quente do pescoço, do princípio do peito, e Zeca suspirou, falou-lhe mansinho:

— Ai, Fina, meu amor! Se você vem mais com João Rosa não sei ainda o que vou fazer...

LUUANDA

— Não venho mais, Zeca, juro sangue de Cristo! Só de você é que eu gosto, só de você, você sabe...

Sorriu; era bom sentir essas falas assim, as festas, o calor das mãos dela na pele toda, nada que ficava no corpo: nem a fome a roer na barriga; nem o vinho a pôr as coisas brancas e leves; só um quente novo, um fresco bom, melhor que o vento que soprava xaxualhando as pequeninas folhas verdes das acácias, empurrando as flores, algumas deixavam cair as suas folhas vermelhas e amarelas, parecia era mesmo uma chuva de papel de seda em cima deles.

— Agora que arranjaste mesmo um bom emprego, Zeca, não fica dormir mais, não?

— Não, Fina!

— Se tu queres eu vou-te acordar de manhã... bato na janela...

Zeca sorriu outra vez, feliz com a amizade.

— Não precisa, Fininha! Agora mesmo vou ter juízo, juro!

— Sukuama! Já é idade, Zeca. Se não vai ter mais juízo, não vou te gostar mais...

Os olhos grandes, claros, de Delfina, mostravam toda a mentira dessas palavras, mas Zeca já não estava ver. Tinha escondido a cabeça no colo, a vergonha não queria lhe largar o coração, a vontade de falar só a verdade na menina, como ela merecia, e a certeza nessa hora que falasse ia lhe perder mesmo quando ela ia saber ele só tinha um serviço de monangamba e, pior, João Rosa, seu «Morris», suas delicadas falas a querem-lhe roubar a pequena, tudo isso pelejava na cabeça fraca dele, no coração fraco de Zeca Santos.

E essa dor foi tão grande, o roer na barriga a atacar outra vez, a fazer fugir as coisas boas na frente dos olhos dele, que tudo começou a girar à roda, a cabeça leve, o estômago a doer, na boca um cuspo amargo e azedo, toda a barriga pedia-lhe para vomitar, deitar fora as bananas e o vinho que lhes azedara, e, nessa hora, sentiu medo. Levantou os olhos grandes, de animal assustado, para Delfina, e as mãos procuraram o corpo da namorada para agarrar sua última defesa, seu último esconderijo contra esse ataque assim de todas as coisas desse dia, desses dias atrasados, contra esse receio de vomitar logo ali. Sentiu, debaixo dos dedos, as mamas pequenas dela de repente apertadas, e a outra mão espetou-se com força e medo, com raiva, na coxa negra e forte que o vestido, desarrumado, não tapava mais.

As cigarras calaram a cantiga delas, uma pica fugiu do pau onde chupava flores: Delfina, com toda a força dela, pôs uma chapada na cara do namorado,

LUUANDA

e Zeca, magrinho e mal deitado, rebolou até no tronco da acácia.

Quase a chorar, agarrando o vestido aí no sítio onde os dedos dele tinham rebentado os botões, Delfina zuniu-lhe todas as palavras-podres que a cabeça inventava, que a sua boca sabia, insultou, cuspiu-lhe:

— Você pensas eu sou da tua família, pensas? Que sou dessas, deita no capim, paga cinquenta, vem dormir comigo? Pensas? Seu sacana, seu vadio de merda! Vagabundo, vadio, não tens vergonha! Chulo de sua avó, seu pele-e-osso!...

Mas Zeca Santos nem percebia bem o que estava a passar. O vómito grande juntava-se na barriga, apertou-lhe com as mãos para poder respirar, mas não teve mais tempo de levantar: Delfina empurrou-lhe outra vez contra o tronco da acácia, saindo depois a correr pelo capim abaixo, borboletas e gafanhotos fugiam dos seus pés irritados, as cigarras calavam-se com as palavras que foi gritando sempre, enquanto Zeca podia ouvir:

— Vadio de merda! Homem só no dia do casamento, sabes, rosqueiro? No dia do casamento, na cama, não é como os bichos no capim, seu pele-e-osso dum raio!...

Para os lados do colégio das madres o sino começou tocar devagar e o sol, na hora de dar fimba no mar, descia vermelho e grande. O vento a soprar, brincalhão, nos troncos dos paus, trouxe nas orelhas dele, doridas da chapada, o grito de Delfina, lá de baixo, do princípio do morro, só as cores bonitas do vestido de chita é que se viam bem no meio das folhas:

— Não tens vergonha, seu merda?! Estás magrinho parece és bordão de ximbicar! Até faz pena!...

Com os vómitos, Zeca Santos nem deu conta da teimosa alegria que queria nascer, rebentar, debaixo dessas palavras que a boca de Delfina falou sem saber mais porquê.

*

No silêncio da cubata, com a luz da tarde a misturar no escuro da noite, vavó Xíxi sente os passos do neto chegar, empurrar a porta com jeito, devagar, como o neto nunca fazia. A figura dele, alta e magra, ficou desenhada na entrada com a luz da rua nas costas. Zeca teve de abrir bem os olhos para habituar no escuro e andou muito cauteloso.

— Vavó?! Vavó, onde está?

Deitada na esteira, vavó continuou gemer e o neto correu no canto onde ela estava tapada a tremer.

— O que é então, vavó? Diz ainda! Está doente? É o quê?

— Aiuê, minha vida! Aiuê, minha barriga! Morro!...

Zeca foi na porta outra vez e abriu-lhe bem. A luz da rua, luz do dia morrendo misturada na outra claridade dos reflectores, olhos grandes acesos em cima das sombras de todos os musseques, entrava com medo naquele escuro tão feio. Vavó já tinha se encostado na parede, o cobertor a tapar as pernas e a barriga.

— Então, menino, conta só! Não tenho nada, fala!...

O neto percebeu nessas palavras o mesmo desses dias todos, a razão que sempre fazia vavó perguntar, adiantar saber se tinha encontrado serviço, se já tinha ganhado qualquer coisa para comer. E ficou com vergonha ali, na frente dela, de falar aquele trabalho, serviço de monangamba do porto e mesmo assim o vencimento de dividir com o homem da praça. O melhor era calar a boca, não falar esses casos; ir no trabalho; receber dinheiro e adiantar comprar coisas de comer; depois, pôr uma mentira de outro serviço.

— Nada que arranjei ainda, vavó. Procurei, procurei, nada! Mano Maneco ainda m'ajudou... Meu azar, vavó!

— Comeste, menino?

— Ih!? Comi o quê então? Nada, vavó!

— Aiuê, minha barriga! Menino tinha razão mesmo. Mas a lombriga estava me roer, não pude mais parar...

Contou então, com as lamentações dela, sempre a falar também ele não tinha mais juízo, senão nada disso que ia suceder, é assim, uma pessoa fica velha e pronto! os mais novos pensam é trapo de deitar fora, pessoa tem fome, come mesmo o que aparece e depois, no sono, lhe atacam essas dores na barriga, parecia estava mesmo arder lá dentro, pior que jindungo, mais pior que fogo...

Zeca Santos ouvia sem atenção, na cabeça não saía mas é Delfina, aquele quissende dela, essa confusão sem querer, assim à toa mesmo, como ia lhe desfazer mesmo? Agora, apostava, a rapariga não aceitava mais conversa dele, quando desculpasse que estava doente não ia lhe aceitar, ia lhe chamar de mentiroso e vadio. Uma tristeza pesada agarrava-se, teimosa, dentro dele. E o olho vermelho e inchado da chapada, estava doer, piscar, tudo na frente dele eram duas coisas. Vavó continuava:

— Pois é! Eu não lhe avisei, menino? Não lhe avisei para ir na missa, no domingo? Padre Domingos perguntou o menino, eu é que desculpei a doença.

LUUANDA

— Sukuama! Mas padre Domingos ia me dar de comer? Ia me dar o serviço, vavó?

A dor do olho a inchar zangou Zeca, começou tirar a camisa amarela, depressa, quase lhe descosia, e vavó aproveitou logo:

— Isso, menino! Agora rasga, não é? Comeste o dinheiro aí na camisa de suingue, agora rasga?!... Aiuê, minha vida, estes meninos não têm juízo, não têm mais respeito nos mais-velhos...

Zeca Santos quis acalmar, a cabeça começava também a doer muito:

— Mas vavó, ouve então! Não começa assim me disparatar só à toa. Verdade eu fiquei dormir, não fui na missa, e depois?...

Vavó Xíxi quase saltou, encostou bem na parede, para levantar faltava pouco:

— E depois? E depois? O menino ainda pergunta, não lembra já todos os dias está me chatiar: «Vavó, comida então?», «vavó, matete onde está?», «vavó, vamos comer é o quê?» Não lembras? Anh!... E padre Domingos, ele mesmo podia te arranjar emprego.

— Ora, possa! Serviço de varrer a igreja, não é? Não preciso!

— Cala-te a boca, menino! Coisas da igreja não falas assim!

Zeca Santos aceitou, já sabia nessas horas não adiantava falar em vavó. Se continuava ainda iam se zangar. Sentia o coração pesado desse dia de confusão e o olho magoado picava, doía, inchado, mas o que fazia mais sofrer era o medo que Delfina não ia lhe perdoar, mesmo que não tinha culpa, ia lhe trocar por João Rosa e isso punha-lhe triste. Na barriga, o bicho antigo já não roía mais. Era só uma dor quieta, funda, parecia estavam-lhe queimar ali. Com a camisa na mão procurou prego de lhe pendurar e, num instante, a cara dele, magra e comprida, ficou na claridade da porta.

— Ená, Zeca! — vavó tinha agora outra voz, admirada, mais amiga. — Chega aqui então...

Sorria; na sua cabeça velha as ideias começaram a se juntar devagar, a arranjar sua significação, a lembrar essa conversa, nem deu importância, até já tinha-se esquecido, é verdade Delfina, aquela menina de nga Joana, esteve passar ali na cubata, seis horas quase, adiantou perguntar o neto Zeca e quando vavó gemeu que não tinha voltado ainda do serviço, a menina saiu nas corridas, nem obrigada nem nada, não pôs mais explicações...

— Sente ainda, Zeca?!... O olho assim encarnado, é o quê? Pelejaste?

LUUANDA

Zeca levou logo-logo a mão na cara para esconder, mas já era tarde: vavó tinha visto bem e, na cabeça dela, as ideias começaram brincar.

— Ih! Então não disse na vavó, o branco sô Souto...

— Sukuama! O branco sô Souto você falaste foi o chicote nas costas, Zeca!...

— Pois é, vavó. É nas costas. Vavó viu bem. Mas o rabo do chicote passou aqui em cima, de manhã não estava doer, agora parece mesmo a falta de luz está-lhe fazer inchar...

Mas vavó Xíxi já estava levantada. A cara dela, amachucada e magra, toda cheia de riscos, ria, enrugando ainda mais a pele, quase as pessoas não podiam saber o que é nariz, o que é beiços. Só os olhos, uns olhos outra vez novos, brilhavam.

— Ai, menino! Menino anda mesmo com seu azar, Zeca! Até mesmo no olho, chicote te apanhou-te! Azar quando chega...

Zeca Santos percebeu, dentro destas palavras, a troça de vavó Xíxi. Não podia jurar mesmo, mas aquela cara assim, a pressa de levantar na esteira, as palavras que não falavam direito, mostravam vavó já sabia Delfina tinha-lhe posto aquela chapada na cara. Mas como, então? Quem podia lhe contar? Ninguém que assistiu. Só se foi mesmo Fina que passou ali na cubata. Com esse pensamento, uma mentira grande que ele sabia afinal, Fina não tinha mesmo confiança com vavó para lhe pôr essas conversas, o coração de Zeca ficou mais leve, bateu mais com depressa e os olhos procuraram para ver bem na cara a confirmação da sua sorte. Mas nga Xíxi já estava outra vez abaixada, remexendo as panelas vazias de muitos dias e Zeca deixou-se ficar distraído, gozando a felicidade de pensar Delfina tinha passado ali.

Diferente, outra vez macia e amiga, a voz de vavó perguntou do meio das panelas e quindas vazias:

— Olha só, Zeca!? O menino gosta peixe d'ontem?

Espantado, nem pensou mais nada, respondeu só, guloso:

— Ai, vavó! Está onde, então?... Diz já, vavó, vavó sabe eu gosto. Peixe d'ontem...

A língua molhada fez festas nos beiços secos, lembrou as postas de peixe assado, gordo como ele gostava, garoupa ou galo tanto faz, no fundo da panela com molho dele, cebola e tomate e jindungo e tudo quanto, como vavó sabia cozinhar bem, para lhe deixar dormir tapado, só no outro dia, peixe d'ontem, é que se comia. Os olhos de Zeca correram toda a cubata escura, mas não descobriu; só vavó estava acocorada entre panelas, latas, quindas vazias.

— Ai, vavó, diz já então! A lombriga na barriga está me chatiar outra vez! Diz, vavó. Está onde então, peixe d'ontem?

De pé na frente do neto, as mãos na cintura magra, vavó não podia guardar o riso, a piada. De dedo esticado, as palavras que estavam guardadas aí na cabeça dela saíram:

— Sente, menino! Se gosta peixe d'ontem, deixa dinheiro hoje, para lhe encontrar amanhã!

Zeca, banzado, boca aberta, olhava vavó mas não lhe via mais. Só a boca secava com o cuspo que queria fugir na barriga, o sangue começava bater perto das orelhas e a tristeza que chegava dessa mentira de nga Xíxi apagou toda a alegria que tinha-lhe posto o pensamento de Delfina passando ali na cubata. O olho da chapada doía. No estômago, a fome calou, deixou de mexer, só mesmo a língua queria crescer na boca seca. Envergonhado, se arrastou devagar até na porta, segurando as calças que tinha tirado para dobrar.

Por cima dos zincos baixos do musseque, derrotando a luz dos projectores nas suas torres de ferro, uma lua grande e azul estava subir no céu. Os mo-

LUUANDA

nandengues brincavam ainda nas areias molhadas e os mais-velhos, nas portas, gozavam o fresco, descansavam um pouco dos trabalhos desse dia. Nos capins, os ralos e os grilos faziam acompanhamento nas rãs das cacimbas e todo o ar estava tremer com essa música. Num pau perto, um matias ainda cantou, algumas vezes, a cantiga dele de pão-de-cinco-tostões.

Com um peso grande a agarrar-lhe no coração, uma tristeza que enchia todo o corpo e esses barulhos da vida lá fora faziam mais grande, Zeca voltou dentro e dobrou as calças muito bem, para aguentar os vincos. Depois, nada mais que ele podia fazer já, encostou a cabeça no ombro baixo de vavó Xíxi Hengele e desatou a chorar um choro de grandes soluços parecia era monandengue, a chorar lágrimas compridas e quentes que começaram correr nos riscos teimosos as fomes já tinham posto na cara dele, de criança ainda.

ESTÓRIA
DO LADRÃO
E DO PAPAGAIO

UM tal Lomelino dos Reis, Dosreis para os amigos e ex-Lóló para as pequenas, vivia com a mulher dele e dois filhos no musseque Sambizanga. Melhor ainda: no sítio da confusão do Sambizanga com o Lixeira. As pessoas que estão morar lá dizem é o Sambizanga; a polícia que anda patrulhar lá, quer já é Lixeira mesmo. Filho de Anica dos Reis, mãe, e de pai não lhe conhecia, o comerciante mais perto era mesmo o Amaral. Ou assim disse, na Judiciária, quando foi na justiça. Mas também podia ser mentira dele, lhe agarraram já com o saco, lá dentro sete patos gordos e vivos e as desculpas nasceram ainda poucas.

Um amigo dele é que lhe salvou. O Futa, Xico Futa, deu-lhe encontro lá na esquadra, senão ia lhe pôr chicote o auxiliar Zuzé.

Começou assim:

Entrou meia-noite e meia já passava, o saco tinha ficado no piquete, os patos lá dentro a mexerem, cuacavam, cadavez estavam perceber tinham-lhes salvado o pescoço. Zuzé dormia nessa hora e sempre ficava raivoso quando lhe acordavam só para guardar um preso. Foi o que sucedeu. Cheio de sono, os olhos vermelhos parecia era tinha fumado diamba, deixou as mãos à toa revistarem o homem, resmungando, xingando só para ele ouvir. Dosreis nem que mexia nada; quieto, os braços em cima da cabeça, no coração a raiva desse sungaribengo do Garrido aumentava, crescia, arreganhava. Apostava quem queria, jurava mesmo, sabia, o coxo tinha-lhe queixado...

— Elá! Isso aqui é o quê então? Pópilas! Se eu fico dormir...

Ria, o sono tinha-lhe fugido logo dando encontro com a pequena faca de sapateiro, no bolso de trás. Dosreis, caçado, disfarçou arranjando os trapos do casaco todo roto e desarrumado da revista.

— Você és bandido, não é?...

— Bandido não sou, não senhor!

— Cala-te a boca mas é! Você é bandido... Vamos!

Mas Dosreis não admitiu, não gostava ninguém que lhe empurrava. Tinha as pernas dele para andar, não era assim um cipaio qualquer que ia lhe enxotar, mesmo que estava na esquadra não fazia mal. Refilou:

— Sukua'! Um aço assim pode se matar uma pessoa? Você tens cada uma... Xê! Não empurra! Sei o caminho!

— Anda lá! 'tás arreganhar?

— Não empurra, já disse. Cipaios, tens a mania...

E foi aí mesmo já dentro da cadeia que aumentou a confusão. Zuzé arreou-lhe uma chapada no pescoço e Dosreis saltou, quis lhe dar soco, mas, no escuro da cela, os trapos do casaco amarraram-lhe e o auxiliar pôs-lhe um soco na cara. Nessa hora, toda a gente já estava acordada com o barulho e adiantava refilar, xingar para o escuro, uns vieram separar ainda, outros só falavam asneiras de insultar família nesses sacristas, vinham assim acordar o sono leio, sem respeito...

— Ená, seu sacana! Você pensas podes abusar autoridade, pensas? Dou-te com o chicote, ouviste, se você não ganhas juízo! Já se viu, um velho todo velho e ainda quer pelejar...

— Velho é trapo! Não tenho medo de cipaio...

As palavras ainda não tinham acabado e já lhe arreganhara uma cabeçada, de repente, na zuna, ninguém que podia pensar um corpo magro e pequeno, todo amarrado com os farrapos ia mesmo fazer aquela corrida parecia era pacassa. Zuzé nem teve tempo de fugir, só pôs as mãos para aguentar a cabeça do homem quando bateu na barriga dele. Aí é que apareceu o Futa, para desapartar e salvou o Lomelino mesmo na hora.

— Elá, Dosreis! Calma então!

Agarrou-lhe os braços atrás das costas, puxando com a força dele, de levantar barril cheio, sòzinho, o Lomelino ficou no ar a mexer as pernas, parecia era um boneco de brinquedo. Os outros queriam apaziguar o Zuzé, ele estava raivoso, então concordavam ele tinha razão, ninguém que podia dar-lhe cabeçada assim no serviço, era um polícia para lhe respeitarem e ele jurara se iam lhe largar punha chicotes nesse cap'verde...

— Deixa lá o homem, sô Zuzé... Está bêbado, não vês ainda?

— Ih?! Bêbado? Esse bandido, ponho-lhe chicotes!

— Pronto já! Ambul'o kuku, mano! Eu conheço-lhe bem, o homem só está com raiva da prisão... compreendes?

A voz de Futa era assim como o corpo dele, quieta e grande e com força para calar os outros. Calaram mesmo; só que Zuzé agora queria — e isso ninguém que podia lhe convencer do contrário, eram

as ordens de ordem-de-serviço — o Lomelino tinha
de tomar banho, todos os bêbados quando entram
têm de ir em baixo do chuveiro para passar as manias... Mas ninguém que lhe ouvia já, só gozavam,
com olhares malandros no auxiliar, e falavam baixinho para Dosreis: não havia direito, um homem
como ele, assim civilizado e limpo, a roupa estava
velha, verdade, mas não adiantava, fazerem-lhe tomar banho no cacimbo, uma da manhã, parecia era
um qualquer!... E isso era ainda para lhe verem
arreganhar outra vez, xingar o cipaio, adiantarem
gozar mais um pouco.

Nessa hora, Xico Futa já ia acompanhar o Zuzé
na porta, falando, todo abaixado em cima dele, Zuzé
era um cambuta metade de bocado de cana só, explicando sabia o homem e a família, era um bom, só
que agora parecia tinha qualquer coisa para lhe
fazer ficar raivoso. Conhecia-lhe bem, de visita
mesmo, jurava era um pacífico.

— Aka! Um bom, assim com as cabeçadas?...
Não precisa m'intrujar só, mano Futa. Hoje eu deixo,
o amigo estás pedir, senão...

Tudo estava ficar sossegado outra vez; muitos
já tinham-se deitado para dormir; Futa, nas grades,
despedia com o auxiliar, aproveitava acender cigarro
na beata do outro. Mas não acabou, não, porque a
raiva na cabeça de Dosreis era grande e não sabia
como ia-lhe fazer para sair, a porta que era preciso

LUUANDA

abrir para chegar o ar limpo e o sol quente outra vez. Só tinha lembrança do saco dos patos, sete patos gordinhos assim a dormir lá no piquete, nem chegara-lhes a ver. Atacara no escuro, devagar, um a um meteu no saco, cheio de cuidado para não assustar os gansos, esses é que fazem mais barulho que todos, na noite não presta para lhes roubar. Essa lembrança é que doía, pior que o sítio da chapada do cipaio aí na cara, em cima dos pêlos brancos da barba. Tinha de ser mesmo o Garrido que lhe queixara, não podia ser outro ainda, para lhe agarrarem logo-logo, nem que chegara no Rangel, no sítio de deixar o saco, o jipe deu-lhe encontro ainda perto da quitanda da Viúva. Azar! Mas esse sungaribengo ia-lhe pagar, jurava. E depois também, esse outro com a mania das chapadas só porque deu-lhe encontro com a faquinha...

— Ximba não usa cueca! — berrou-lhe, parecia era monandengue.

Alguns saltaram nas tábuas para lhe segurar, não deixaram Dosreis chegar nas grades, Futa agarrou-lhe em baixo dos braços, rindo no Zuzé para fazer desculpar, pondo dedo na testa a querer dizer. Depois, devagar, passeando na prisão enquanto o sono estava vir tapar os corpos ajuntados três-três cada tábua da cama, o amigo falou-lhe como mais-novo para ouvir a sabedoria do mais-velho, mas a verdade é quem estava a conselhar era o Futa mesmo. Um bocado escuro, uma falta de luz estava entrar na janela alta e a claridade pouca trazia sono com ela. Lomelino puxava o fumo quente, nessa falta de barulho da noite só o arder do tabaco misturava-se com o respirar das pessoas. Sentaram na ponta da tarimba, o grosso braço de Futa nas costas de Dosreis para proteger, parecia era asa de galinha tapando pintinho.

— Então, compadre... estás melhor?

O riso cabobo de Lomelino barulhou no meio do escuro e o outro riu também, cheio de vontade.

— Sukua', avô! Você estás velho mas arreganhas...

— É! Esse sacana do cipaio... Mal que cheguei, nem esperou nem nada, deu-me com a chapada logo-logo! O qu'é eu ia fazer? Ficar-me? Possa! Lomelino dos Reis não leva porrada sem devolver, mano Futa! Chapada da cara, nem minha mãe, Deus Nosso Senhor Cristo lhe conserve!

Mas tinha já alegria nessas palavras. Xico Futa espreitava o trabalho do «Francês-1», o arder quente na boca desprotegida do velho, esse pequeno e vagaroso aquecer do cigarro que traz a calma e a vontade de rir. O cacimbo, silencioso, adiantava entrar na janela, parecia era chuva pequena, pequenina, de brincar só.

LUUANDA

— O rapaz não é mau, sabe, mano. Lhe conheço bem... Mas não deve lhe refilar... ele quer é mesmo mandar, a gente deixa...

Era assim o auxiliar Zuzé, como foi lhe contando mano Futa, explicando todas as fraquezas, ensinando, para Dosreis saber, como é podia lhe cassumbular um pão mais, na hora do matabicho, só precisava falar bem mesmo, conversa de pessoa igual, quando Zuzé entrava, de manhã, para cumprimentar com a voz grossa dele:

— Bom-dia, meus senhores!

Nem uazekele kié-uazeka kiambote, nem nada, era só assim a outra maneira civilizada como ele dizia, mas também depois ficava na boa conversa de patrícios e, então, aí o quimbundo já podia se assentar no meio de todas as palavras, ele até queria, porque para falar bem-bem português não podia, o exame da terceira é que estava lhe tirar agora e por isso não aceitava falar um português de toda a gente, só queria falar o mais superior. E na hora de adiantar escolher as duas pessoas, ou quatro, tanto faz, para saírem com os baldes de creolina e pano lavar as prisões dos brancos, essa simpatia era muito precisa, para escapar...

— Cabeçada não, mano Dosreis! Cabeça só! Usa cabeça, o rapaz é bom... Chicote ele não põe, só quando lhe mandam para obedecer. E aí mesmo, cada vez arranja maneira de esquivar... Lhe conheço!

O cacimbo chovia misturado com a luz, na janela estreita. O barulho dos sonos, o cheiro pesado de muita gente num sítio pouco, o correr da água na retrete, de não deixar dormir mais a pessoa que fica só pensar os casos da vida, tudo passeava junto na sala escura. O cigarro de Lomelino já tinha-se gastado, mas as palavras de amizade de Xico Futa também aqueciam, ajudavam a tapar os buracos do casaco roto.

O amigo ensinou-lhe ainda nada que devia recusar fazer se era no refeitório, esse trabalho não estava igual de limpar o chão, era melhor. Aí, Zuzé deixava-lhes ficar todo tempo para lavar a louça e a mesa de cimento com devagar, podiam até assobiar e cantar com pouca força e só depois, quando o serviço estava acabado, ele vinha todo de farda esticada...

— Deixa só, mano Lóló! O gajo aí parece é chefe! A investigar, passa dedo, mira nas canecas, cheira nas panelas... Deixa-lhe só, mano! Não dá-lhe corrida. Aguentas aí em sentido, direito se você pode e sempre que ele diz uma coisa, fala «sim, sô Zuzé» ou «sim, sôr auxiliar»...

E o resto, Dosreis viu ele mesmo com os olhos dele, no outro dia. Zuzé mandou-lhes entrar e todo

LUUANDA

pão e a carne e a comida que estavam sobrar falava eles podiam comer ou mesmo levar na cela, se queriam. Cambuta e grosso, puxava a cigarreira, «Francês» numa parte, com-filtro na outra, e facilitava escolhendo com o dedo:

— Tirem daqui!

Um cigarro assim sabia bem, mais melhor que muitos em liberdade mesmo, fumado com os amigos e companheiros de trabalho, bebendo e conversando. Verdade podia-se continuar chamar cipaio no Zuzé se ele não estava ali, mas no coração essa palavra já não queria dizer o mesmo.

Com essas conversas a noite descia na manhã, a luz da madrugada começava despir as sombras dentro da sala, os barulhos do dia a nascer calavam todos os silêncios da prisão.

— Tens sono, compadre?

— Nada! A chapada acordou-me no coração e mesmo que você gaba assim esse teu amigo, a raiva ainda não dormiu...

— E os casos que lhe trouxeram... como é então?

A cara dele, larga e achatada, estava séria, queria aguentar, segurar a vontade, mas derrotou-se rindo:

— O Zuzé falou lhe agarraram com um saco de patos... Verdade mesmo?

Falar uns casos desses, de roubo de patos e azar de ser caçado na polícia, sem ficar parecer era pouco jeito de capianguista ou falta de conhecimento do serviço, só mesmo Lomelino dos Reis. Por isso começou logo-logo sem desculpa, falando quase sem mostrar vontade, a conversa desse sacrista do Kam'tuta que tinha-lhe posto queixa senão ninguém que ia lhe agarrar mais, a criação era um negócio ele sabia bem...

— Você lembra esse gajo, não é?

Que não, não lhe conhecia, não lembrava mais esse tal Kam'tuta, devolveu o Xico, pensando talvez aí mesmo estavam nascer mas era as mentiras do Lomelino.

— Sukua'! Um rapaz coxo, estreitinho, puxa sempre a perna aleijada. Mulato.

— Não lembro, mano!... Aleijado... espera...

Só se fosse esse o tal que tinha um caixote de engraxar ali mesmo na frente do «Majestic», espera só, um mulato-claro, o nome dele é Garrido, olhos azuis, quase um monandengue ainda, não é? Que sim, ele mesmo, confirmou Dosreis; e explicou a

LUUANDA

alcunha que estavam lhe chamar nos miúdos era o Kam'tuta, você percebe, mano, o rapaz tem vergonha de dormir com as mulheres por causa a perna assim, e depois...

Vejam a vida: quem podia mais adivinhar um sonso como aquele era ainda um bufo para pôr queixa nos companheiros? Mas, no mesmo tempo, a dúvida também nasceu na cabeça de Futa, essas estórias de fanguistas de criação são sempre assim: quando lhes agarram é só de queixa porque eles sabem, nunca que deixam rasto para a polícia, são mestres, etc.

— Olha ainda, Dosreis! Pensa bem, não lhe acusa assim à toa, no rapaz...

— Acusar à toa? Eu? Você me conhece, mano Xico, você sabe eu sou um homem duma palavra, não falo se não tenho a certeza... O gajo queixou. Se não, como iam me dar encontro? Como?...

Mas uma coisa é o que as pessoas pensam, aquilo que o coração lá dentro fala na cabeça, já modificado pelas razões dele, a vaidade, a preguiça de pensar mais, a raiva nas pessoas, o pouco saber; outra, os casos verdadeiros de uma maca. E isso mesmo disse-lhe Xico Futa. Depois, os casos ficaram mesmo bem sabidos: no fim da tarde desse dia, o Garrido Kam'tuta adiantou entrar também na esquadra, na mesma prisão que eles dois.

Mas, antes, na Judiciária, passou assim:

O Lomelino disse: sim, senhor, era o Lomelino dos Reis; pai, não sabia; mãe, Anica; o mesmo que já tinha falado na patrulha antes de lhe mandarem na esquadra. A casa dele explicou, mas também desviou e a polícia, com a preguiça, o caso não era de muita importância, roubo de sete patos, não ligou muito. Só que lhe agarraram no casaco roto e velho, o chefe queria lhe pôr até chapadas, para ele falar quem eram os outros que ajudavam-lhe no capiango. Mas nada. Dosreis não gostava falar os amigos e só foi explicando melhor, baralhando as palavras de português, de crioulo, de quimbundo, ele sòzinho é que tinha entrado lá, agarrado os bichos para o saco e tudo. Porquê? Ora essa, mulher e dois filhos, sô chefe, mesmo que os meninos já trabalham e a mulher lava, não chega, precisa arredondar o orçamento...

— Arredondar o orçamento, seu sacana!? Com a criação dos outros...

— Oh, sô chefe, criação minha eu não tenho!...

Riu-se, mais contente. Xico Futa tinha-lhe falado os polícias andavam raivosos, qualquer palavra punham logo chapada, mas até nesse caso os homens estavam gozar o assunto, nem que ligaram muito, não queriam perguntar saber quem ia-lhe comprar os patos, ninguém que rouba assim à toa sete bicos para guardar no quintal... E isso, se eles queriam, ele falava mesmo, sabia o Kabulu tinha um primo era da polícia e não iam lhe fazer mal, mas assim ficava amarrado, Lomelino conhecia os truques todos e quando andava com a mangonha e não gostava mais fazer nada, o comerciante tinha de lhe adiantar uns fiados por conta...

Mas o que é bom para o preso, polícia não pergunta. Escreveram nome do que deixou-se ser roubado, era Ramalho da Silva, para devolver os patos, mas aquele que ia lhe receber, nada. Tanto que aí, Dosreis pensou o melhor era ainda sair na dianteira dos casos, falar mesmo que não lhe perguntaram.

— Ená, sô Zuzé! Meu azar, mano Futa! Praquê eu pensei assim? Nem que disse o nome, nem nada. Puseram-me logo uma chapada, arreganharam para calar a boca, a polícia já sabia, se estava a armar em esperto ia sair chicote cavalmarinho. Pronto! Nessa hora calei, pópilas! Com a força, conversa não adianta, meus amigos...

Zuzé aproveitou para meter a parte dele, ainda doía-lhe no coração a cabeçada antiga:

—Ih! Então você não aproveitou para lhe arrear a cabeçada?

— Não goza-me, senhor! Tem pena um velho como eu, sô Zuzé... Cabeçada no polícia branco?

Você pensa eu só fui preso agora? Elá! Já conheço muito...

Na última vez — contou —, tinham-lhe posto socos e chicotes mesmo, mas o caso era outro, mais complicado, ele ficou sofrer também seis meses por causa o Kabulu. Esse branco tinha feitiço dele, ninguém que lhe agarrava, mesmo que lhe queixavam o nome.

— Ih!? Feitiço, tuji! É mas é o primo dele...

Pois é. Mas mesmo com primo na polícia podiam lhe agarrar para adiantar pagar a multa, e nada disso que sucedia nunca. E depois o azar conta no negócio das pessoas, e o azar com Kabulu não pelejava. Até no dia da última prisão — Dezembro de 61, passei Natal na cadeia, Deus Nosso Senhor me perdoe — aquele caso dos barris de quimbombo e mais alguns de candingolo, o feiticeiro tinha-se escapado; ele, Lomelino dos Reis, é que sofreu na cadeia e o sacrista nem cigarros nem nada estava lhe mandar.

— Como é você percebe, sô Zuzé, os casos assim? Sempre todos os dias, naquela hora, ele ia lá p'ra vigiar o serviço no quintal do quimbombo, a hora era a mesma que eles chegaram, seis horas sem falta, e nada! Nesse dia não apareceu, só quem adiantou vir foi a polícia?! Como é?...

Sô Zuzé também não percebia; disfarçou metendo dedo nas panelas, pondo cara de importância, revis-

LUUANDA

tando os cantos do refeitório à procura dum lixo para xingar, fazer vaidade do cargo. Lomelino lamentava:

— Esse homem não me larga mesmo, mano Xico. Como é eu vou fazer? Cada vez sinto com remorsos, quando vou na igreja com os meninos, nos domingos... Eles sabem!

— Deixa! Vida de pessoa está escrita, não adianta!...

— Naquele mês, depois desse caso do quimbombo, até procurei trabalho de vender gasolina e arranjei. Mas o gajo foi-me intrigar, arreganhou ia falar no patrão eu era um gatuno, falar os meus casos...

— Pois é, Dosreis! Você, com essa pele de branco, não vão saber você é cap'verde...

— E depois, isso tem nada?

— Tem, mano Dosreis, tem! Assim podem dizer você mesmo fabrica, você é que é o dono. Se é preto e tem muitos barris, não podem lhe aceitar, mas assim até é bom...

Xico Futa falava, procurava um caminho para desamarrar a língua do amigo. Sentia faltavam ainda palavras, casos que Lomelino não queria contar. Porque lhe conhecia bem, não gostava as manei-

LUUANDA

ras dele agora, sempre sacudido, raivoso, parecia estava zangado, gato encostado na parede com cão a atacar. E já nem olhava mais as pessoas na cara, os olhos sempre no chão, parecia tinha um peso em cima da cabeça, e isso não era que Xito Futa conhecia, de homem direito nas conversas e no serviço dele, mesmo que era do capiango ou outro. Mas Dosreis não queria, não aceitava fazer sair o que tinha guardado, mesmo que no peito agora estava-lhe roer uma dúvida, começou inchar muito tempo, desde a hora da manhã, quando voltou da justiça. Gostava falar tudo, mas não era com o Zuzé ali, sentia vergonha de pôr esses casos na frente do auxiliar. Com Xico Futa, seu amigo, era diferente, podia falar de igual, profissão era a mesma, cubata era vizinha, fome de um era a fome do outro, e só ele mesmo é que podia lhe tirar essa vergonha que estava crescer.

— Ouve então, Xico...

Parecia o vento sacudia-lhe na voz e batia as folhas na garganta, tão tremida estava sair embora. Os olhos agora eram os velhos olhos de Lomelino, mas cheios de água de vergonha no meio do escuro do refeitório. Só que não lhes aguentou assim, baixou outra vez para começar sorrir. Porque era essa a verdade: também era para rir o caso, estava mesmo a pensar a cara de banzado do rapaz quando lhe agarrassem e lhe trouxessem na esquadra para falar aqueles casos dos sete patos, ele nem que sabia nada,

LUUANDA

não tinham-lhe deixado ir por causa era aleijado. O Garrido ia adivinhar a queixa era dele, Lomelino dos Reis, o homem ele chamava de seu mais amigo, o único que podia ler e lhe percebia ainda as confissões do coração feito pouco pelas pequenas, as maneiras delicadas de falar, gozo de todos; apostava ele ia chorar talvez, porque tinha coração bom de monandengue.

— Estás rir de quê então, compadre Dosreis?

— De vergonha, mano, de vergonha!

E falou.

As palavras saíam devagar, cheias de tristeza, também custava confessar mesmo quando é amigo que está ouvir e da profissão ainda, percebe todos os casos, doía dizer tinha falado o Garrido Kam'tuta lá na justiça, que sim, o rapaz ajudara-lhe no serviço, ficou de polícia para avisar as patrulhas se viessem e tudo era uma grande mentira porque até nem tinha aceitado o mulato nesses casos por causa era aleijado e não podia nem saltar quintal nem fugir se ia passar berrida. Mas mais pior era que os polícias nem tinham perguntado nada, não sabiam nada, sentiu bem naquela hora estava ser bufo, ninguém que lhe queixara, só o azar que dera-lhe encontro nessa noite e a patrulha desconfiou um saco tão grande. Até falou o resto, pôs o nome e tudo, Garrido Fernandes, cubata dele ali para cima, perto do

Rangel, sòzinho que morava num canto de favor até, na casa duma madrinha.

— Oh! Deixa lá, mano! Agora se você volta lá na justiça, fala tudo é mentira, não adianta agarrar o rapaz, ele nem é do grupo nem nada...

— Pois é! Mas o meu medo é se lhe dão encontro com qualquer coisa, lá em casa... E depois?

Mas a conversa teve que acabar nessa hora. No corredor, o carcereiro, zangado, estava berrar o nome dele; guardou depressa as sandes de carne no meio dos farrapos do casaco e saiu nas corridas, despendido à toa.

— Lomelino dos Reis?

Vinha a voz lá de longe, da porta. Duas e meia já eram, o sol espreitava a rir nas grades, o amarelo comia o escuro feio do corredor. Dosreis correu, atrapalhavam-lhe os trapos da roupa.

— Esse sacana dos patos nunca mais vem? És tu? Depressa!

Com depressa, depressa, batucava também o coração de Lomelino e a vontade de falar na justiça, as queixas que tinha posto no Kam'tuta eram um falso.

LUUANDA

*

Dizia Xico Futa:

Pode mesmo a gente saber, com a certeza, como é um caso começou, aonde começou, porquê, praquê, quem? Saber mesmo o que estava se passar no coração da pessoa que faz, que procura, desfaz ou estraga as conversas, as macas? Ou tudo que passa na vida não pode-se-lhe agarrar no princípio, quando chega nesse princípio vê afinal esse mesmo princípio era também o fim doutro princípio e então, se a gente segue assim, para trás ou para a frente, vê que não pode se partir o fio da vida, mesmo que está podre nalgum lado, ele sempre se emenda noutro sítio, cresce, desvia, foge, avança, curva, pára, esconde, aparece... E digo isto, tenho minha razão. As pessoas falam, as gentes que estão nas conversas, que sofrem os casos e as macas contam e, logo ali, ali mesmo, nessa hora em que passa qualquer confusão, cada qual fala a sua verdade e se continuam falar e discutir, a verdade começa a dar fruta, no fim é mesmo uma quinda de verdade e uma quinda de mentiras, que a mentira é já uma hora da verdade ou o contrário mesmo.

Garrido Kam'tuta veio na esquadra porque roubou um papagaio. É verdade mesmo. Mas saber ainda o princípio, o meio, o fim dessa verdade, como é então? Num papagaio nada que se come; um papagaio fala um dono, não pode se vender; um papagaio

LUUANDA

come muita jinguba e muito milho, um pobre coitado capianguista não gasta o dinheiro que arranja com bicho assim, não dá lucro. Praquê então roubar ainda um pássaro desses?

O fio da vida que mostra o quê, o como das conversas, mesmo que está podre não parte. Puxando-lhe, emendando-lhe, sempre a gente encontra um princípio num sítio qualquer, mesmo que esse princípio é o fim doutro princípio. Os pensamentos, na cabeça das pessoas, têm ainda de começar em qualquer parte, qualquer dia, qualquer caso. Só o que precisa é procurar saber.

O papagaio Jacó, velho e doente, foi roubado num mulato coxo, Garrido Fernandes, medroso de mulheres por causa a sua perna aleijada, alcunhado de Kam'tuta. Mas onde começa a estória? Naquilo ele mesmo falou na esquadra quando deu entrada e fez as pazes com Lomelino dos Reis que lhe pôs queixa? Nas partes do auxiliar Zuzé, contando só o que adianta ler na nota de entrega do preso? Em Jacó?

É assim como um cajueiro, um pau velho e bom, quando dá sombra e cajus inchados de sumo e os troncos grossos, tortos, recurvados, misturam-se, crescem uns para cima dos outros, nascem-lhes filhotes mais novos, estes fabricam uma teia de aranha em cima dos mais grossos e aí é que as folhas, largas e verdes, ficam depois colocadas, parece são moscas mexendo-se, presas, o vento é que faz. E os

LUUANDA

frutos vermelhos e amarelos são bocados de sol pendurados. As pessoas passam lá, não lhe ligam, vêem-lhe ali anos e anos, bebem o fresco da sombra, comem o maduro das frutas, os monandengues roubam as folhas a nascer para ferrar suas linhas de pescar e ninguém pensa: como começou este pau? Olhem-lhe bem, tirem as folhas todas: o pau vive. Quem sabe diz o sol dá-lhe comida por ali, mas o pau vive sem folhas. Subam nele, partam-lhe os paus novos, aqueles em vê, bons para paus-de-fisga, cortem-lhe mesmo todos: a árvore vive sempre com os outros grossos filhos dos troncos mais-velhos agarrados ao pai gordo e espetado na terra. Fiquem malucos, chamem o tractor ou arranjem as catanas, cortem, serrem, partam, tirem todos os filhos grossos do tronco-pai e depois saiam embora, satisfeitos: o pau de cajus acabou, descobriram o princípio dele. Mas chove a chuva, vem o calor, e um dia de manhã, quando vocês passam no caminho do cajueiro, uns verdes pequenos e envergonhados estão espreitar em todos os lados, em cima do bocado grosso, do tronco-pai. E se nessa hora com a vossa raiva toda de não lhe encontrarem o princípio, vocês vêm e cortam, rasgam, derrubam, arrancam-lhe pela raiz, tiram todas as raízes, sacodem-lhes, destroem, secam, queimam-lhes mesmo e vêem tudo fugir para o ar feito muitos fumos, preto, cinzento-escuro, cinzento-rola, cinzento-sujo, branco, cor de marfim, não adiantem ficar vaidosos com a mania que partiram o fio da vida, descobriram o princípio do cajueiro... Sentem perto do fogo da fogueira ou na mesa de tábua de caixote, em frente do candeeiro; deixem cair a cabeça no balcão da quitanda, cheia do peso do vinho ou encham o peito de sal do mar que vem no vento; pensem só uma vez, um momento, um pequeno bocado, no cajueiro. Então, em vez de continuar descer no caminho da raiz à procura do princípio, deixem o pensamento correr no fim, no fruto, que é outro princípio e vão dar encontro aí com a castanha, ela já rasgou a pele seca e escura e as metades verdes abrem como um feijão e um pequeno pau está nascer debaixo da terra com beijos da chuva. O fio da vida não foi partido. Mais ainda: se querem outra vez voltar no fundo da terra pelo caminho da raiz, na vossa cabeça vai aparecer a castanha antiga, mãe escondida desse pau de cajus que derrubaram mas filha enterrada doutro pau. Nessa hora o trabalho tem de ser o mesmo: derrubar outro cajueiro e outro e outro... É assim o fio da vida. Mas as pessoas que lhe vivem não podem ainda fugir sempre para trás, derrubando os cajueiros todos; nem correr sempre muito já na frente, fazendo nascer mais paus de cajus. É preciso dizer um princípio que se escolhe: costuma se começar, para ser mais fácil, na raiz dos paus, na raiz das coisas, na raiz dos casos, das conversas.

Assim disse Xico Futa.

Então podemos falar a raiz do caso da prisão do Kam'tuta foi o Jacó, papagaio mal-educado, mesmo

LUUANDA

que para trás damos encontro com Inácia, pequena de corpo redondo que ele gostava, ainda que era camuela de carinhos; e, na frente, com Dosreis é João Miguel, pessoas que não lhe ligavam muito e riam as manias do coxo. O resto é o que me contou ele mesmo, Kam'tuta; o que falou o Zuzé, auxiliar, que leu na nota da polícia; mais o que eu posso saber ainda duma pequena como a Inácia e dum papagaio de musseque.

Na boca estreita de Garrido Fernandes tudo é por acaso. E as pessoas que lhe ouvem falar sentem mesmo o rapaz não acredita em sim, não acredita em não. Uma vez falou tudo o que ele queria não saía mais certo e tudo o que ele não queria também o caso era o mesmo; só passava-se tudo por acaso.

Então, por acaso, vamos lhe encontrar na hora das cinco e tal no dia de ontem desse dia em que agarraram o Lomelino carregando o saco com os patos proibidos, metido na sombra da mandioqueira do quintal da Viúva, esperando Inácia. Não que a pequena tivesse-lhe marcado encontro, nada disso, essa sorte ele não tinha ainda; mas era aí mesmo, com a dona da quitanda do falecido sô Ruas, que a rapariga trabalhava. Garrido Fernandes gostava ir lá de tarde, na hora dos poucos fregueses, para provocar as palavras, mirar bem o corpo redondo dela, toda a hora procurar ganhar coragem para falar o gostar que tinha, a vontade de dizer as coisas bonitas, ficava-lhes inventando de noite, no canto da

LUUANDA

cubata da madrinha onde estava morar de favor.
Porque toda a gente sabia o Garrido gostava a
pequena e isso era o riso para todos os outros que
queriam apalpar a moça na cara dele, convidar Inácia para ir na cama deles, pôr indirectas que lhe
feriam mais que os olhos dela, de onça, brilhantes,
mais que a voz mesmo, Inácia queria lhe fazer má
mas, até xingando, era bom sentir-lhe.

— Katul'o maku, sungadibengu...

Era só mentira dela, Garrido nunca que tentou
nem tocar com um dedo na pequena, ela punha esses
truques só para os amigos lhe gozarem, chamarem-
-lhe de saliente, conquistador, de suinguista, as miúdas não resistiam no atrevimento das mãos dele...
Kam'tuta sofria, mas não eram as coisas que lhe
diziam, não. Era ainda porque pensava isso estava
doer, mas era na Inácia, fazerem-lhe pouco assim na
frente dela. E porquê? Ora!... Ali, na quitanda,
era assim sem lhe ligar; mas na hora do fim da
tarde, quando o sol quente está para esconder e o
escuro vem com os passos manhosos dele, Inácia
gostava ir em baixo da mandioqueira e ficar pôr
conversas, deixar ele dizer muitas coisas nunca que
tinha-lhes ouvido falar noutros, palavras que lhe
descobriam o que não podia ser mas ia ser bom se
pudesse ser, viver uma vida como Garrido prometia
com ela ele arranjava, nem que se matava num trabalho qualquer, não fazia mal. Mas, depois, já com
a tristeza da mentira dessas palavras ela gostava

ouvir, pareciam vinho abafado, doce e quente, Inácia começava gozar, xingava-lhe a perna coxa, o medo de ele deitar com as mulheres e, nessa hora, adiantava pôr todas as manias, todas as palavras e ideias a senhora estava lhe ensinar ou ela costumava ouvir, e jurava, parecia ela queria se convencer mesmo, ia se casar mas era com um branco, não ia assim atrasar a raça com mulato qualquer, não pensasse.

Garrido fugia embora, semana e semana ficava-lhe rondar, vigiar, sem outra coragem para falar, envergonhado. O corpo virava magro, nem a barba que fazia nem nada, os olhos dele, bonitos olhos azuis da parte do pai, cobriam de um cacimbo feio e, muitos bocados das noites sem dormir, pensava o melhor mesmo era se matar.

Mas Inácia não estava má de propósito, adivinhava o sofrimento, chamava-lhe outra vez. Só os monandengues, sabedores dos casos, não paravam: zuniam-lhe cada vez pedradas, cada vez insultos, fazendo pouco a perna aleijada:

— Ô Kam'tuta, sung'o pé!

Também quem inventou essa maneira de lhe insultar foi a Inácia: num fim de raiva berrou-lhe assim e toda a gente ficou repetir todos os dias, até o papagaio Jacó, que só falava asneira de quimbundo, aprendeu. E isso é que doía mal no Garrido. Nas pessoas, ele desculpava; nos monas, esquivava as pedradas; nos mais-velhos, falava eles tinham coração de jacaré ou calava a boca para não passar maca, não era medo, mas ninguém que aceitava lutar mesmo que lhes provocava; e, então, com a Inácia, ficava parecia era burro mesmo: escondia a cabeça no peito magro e punha cara de miúdo agarrado a fazer um malfeito.

Mas a nossa hora chega sempre.

Nesse dia, Kam'tuta tinha-se resolvido. Agarrara uma coragem nova, toda a noite, toda manhã nada que dormiu, só pensando essas conversas para falar na Inácia: ia-lhe convencer de vez para viver com ele, gostar dele, deitar na cama dele, tinha de matar essa cobra enrolada no coração, essa falta de ar que estava lhe tapar nos olhos, no peito, feitiçar-lhe a vida, nada que podia fazer mais. Até tinham-lhe corrido num emprego, serviço de guarda, só ficava pensar a Inácia, a pele dela engraxada via-lhe brilhar no meio dos fogos da fogueira, os risos dela a estalar na lenha e os capianguistas tinham vindo, carregaram cinco sacos de cimento, nem deu conta do barulho nem nada e o patrão levou-lhe na esquadra, ele é que pagou os casos.

Assim, lá estava no fim da tarde e a maca só passava com o papagaio Jacó, bicho ordinário que sempre queria lhe morder e desatava insultar. Todos os dias tinha aquela luta: um lado, sentado nas massuícas, Garrido Fernandes, quileba, magro das ra-

LUUANDA

zões da alcunha como falavam os amigos e as pequenas por ali, arrumando a sua perna aleijada em qualquer lado, parecia era de borracha; do outro lado, nessa hora pendurado no pau de mandioqueira, o papagaio Jacó. De cor cinzenta, sujo de toda a poeira dos anos em cima dele, era mesmo um pássaro velho e mau, só três ou quatro penas encarnadas é que tinha no rabo. E nem merecia olhar-lhes, o bicho deixava aí secar o cocó dele, todo o dia andava passear, coçando os piolhos brancos, daqueles de galinha, tinha muitos, gostava ir nas capoeiras. Mas isso Kam'tuta alegrava-se só de ver os galos porem-lhe uma surra de bicadas, o coitado tinha de voar embora, atrapalhado, com as asas cortadas.

Nessa posição estavam se mirando, raivosos: olho azul, bonito e novo, de Garrido; no fundo da cara magra, espiando; olho amarelo, pequeno, parecia era missanga, no meio dos óculos de penas brancas, do Jacó, colocados no mulato, vigiando as mãos armadas de pequenas pedras.

Kam'tuta pensava, conhecia papagaio da Baixa, era diferente; tinha até um, numa senhora, assobiava hino nacional e fazia toque de corneta do batalhão e tudo. Quando lembrava esse, até tinha pena do Jacó, ranhoso e se coçando, cheio de bichos.

Papagaio louro
de bico encarnado
có... có... có... có...

LUUANDA

O pássaro cantava, rematava dois assobios segui-
dos, de cambular as pequenas, mas sempre com os
olhos amarelos bem no mulato, **para esquivar as**
pedrinhas ele estava lhe arrumar. E até refilava
com aquela voz de garganta que todos papagaios
têm nesses casos. Só que acrescentava, punha mais
insultos de quimbundo, até avó e avô ele **sabia**
xingar.

Assim distraído, arrumando-lhe as pedrinhas,
Garrido nem deu conta a Inácia já estava lá na
porta, a espiar, a gozar a luta. De propósito, ela
chamou-lhe:

— Kam'tuta!

Pronto! Jacó larou, sacudindo e abrindo as asas
a bater nas folhas de mandioqueira, parecia era
acompanhamento de conjunto de farra, esticou pescoço dele, quase pelado, tão velho, e desatou gritar,
misturando assobios, insultos, cantigas:

> *Ô Kam'tuta...tuta...tuta...tuuuu...*
> *Sung'ó pé...pé...pé...pééééé...*

A raiva do bicho, de lhe agarrar no pescoço, cresceu; nessa hora Garrido estava mesmo pensar
morar no musseque nem para pássaro papagaio é
bom, andava ali só à toa, catando os milhos e as
jingubas lá dentro na quitanda, bebendo com as gali-

nhas, passear só no chão, na casa, nem poleiro próprio com corrente nem nada, nem gaiola bonita de dormir... Mas o vento soprava de fora, de propósito para desenhar as grossas coxas novas debaixo do vestido de Inácia e Kam'tuta ficou a ver a pequena atravessar no quintal, no andar desenhava-se o corpo redondo, as mamas gordas e direitas nem que mexiam, só os dentes brancos riam nele.

— Ih! É você, Garrido? Já chegaste?

Nada, nem uma palavra para lhe responder sabia.

— Elá!... Não olha-me assim. Fico envergonhada...

— Não goza, Inácia...

Sentou o largo, redondo, duro mataco desenhado no fundo do vestido, Kam'tuta ficou pensar era sempre assim, só um pano em cima da pele, cadavez mesmo cuecas nada... e isso pôs-lhe um arrepio, ficou a correr o corpo todo até na perna aleijada, mas fugiu embora logo mirando os olhos, quietos e amigos, diferentes da provocação desse corpo cheio de sumo. Jacó desatou a xingar-lhe outra vez com os cantares dele, mas Inácia foi lhe dar umas jingubas, falando docinho, parecia até gostava era do bicho.

— Então, querido! Pronto ainda! Toma, toma...
Você sabe eu gosto de você... Hum! Meu bichinho...

Garrido não aguentava essas palavras assim no
papagaio, jurava sentia-se roubado, um bicho inde-
cente receber esse amor e ele ali sem nada, até
parecia Inácia estava fazer de propósito. Falou isso
mesmo, mas a pequena pôs-lhe os olhos mansos nos
olhos azuis e só perguntou:

— Você pensa isso de mim? Você, que me gostas?!

— Não, Inácia! Falei mal, não penso nada. É só
porque o bicho é porco!

— Porco? Sukua'! Jacó é limpo. Não é, meu
amor, meu papagaizinho?...

E continuava; a dor crescia no peito de
Kam'tuta, ela parecia não percebia estava magoar-
-lhe lá dentro, doía. Até punha um tremer nas ancas
para lhes remexer, roçando a cara dela no cinzento
sujo do papagaio.

— Inácia, ouve então! Me liga só um bocado!

— Um bocado só, juro!

Jurou e riu, afastando para levar o Jacó no quintal das galinhas, o bicho estava reclamar água, água,
misturando cada vez essa palavra com muitas asneiras.

LUUANDA

Devagar, maré a encher, Garrido adiantou. Com receio, primeiro coisas à toa que não mostravam o que ele queria; depois, os casos da vida assim sem descobrir trabalho de trabalhar mesmo, só uns biscates nos amigos, arranjar sola rota, tomba, salto, e quando lhe deixavam, também ia nuns serviços de noite, aí já que adiantava ajuntar umas macutas. E enrolava as palavras para desviar, meter no caminho que queria; Inácia já sabia: o rapaz sempre começava assim, medroso, com receio do quissende, mas cinco minutos nem que passavam a conversa já era aquela ele gostava, tinha estudado noites e dias sem parar, pergunta e resposta de Inácia, podia-lhe intrujar até, fazer ela ir a reboque para onde as conversas eram melhores para ele.

— Sente, Garrido! — se lhe tratava de Garrido, já estava aceitar as conversas. — Você fala bem, és mesmo um vigarista, rapaz! Mas se eu ia-lhe aceitar, como é as pessoas iam falar?

— Não liga nas pessoas!

— Ih! Diziam já, um aleijado mesmo, nem que trabalha nem nada, só no capiango, como é ele vive e faz comer a mulher dele?

— Procuro trabalho de trabalhar!

— Você sempre fala isso, mês e mês, e até hoje, nada! Pra ser chulo de sua mulher você não quer, não é?

— Por acaso não, Inácia, nem pensas nisso!

— Mas é assim que iam te falar! Sukua'! Que eu recebia dos outros para você comer, Garrido. Não esquece a sua perna!

— Oh! Nem fala a perna, merda!

— Já estás disparatar? Sempre que te falo as verdades, você disparata-me logo, não é?

— Não zanga, Naxinha, desculpa ainda! Não queria...

— Naxinha é a mãe!

A voz estava irritada, Kam'tuta sentia já no peito o medo ela ia se zangar.

Passavam sempre assim também as conversas. Muito bem que ele aguentava quando falava só as coisas imaginadas de noite; mas depois, quando as conversas vinham nos casos de verdade mesmo, da vida de todos os dias, ele refilava as ideias de Inácia, ela só estava pensar na comida, na casa, no amor não falava, e o fim era sempre o mesmo: ficava ainda com a dor de perder as palavras do Garrido, essas que lhe faziam sonhar e ela não queria aceitar. Então magoava-lhe, e se ele adiantava continuar mesmo que lhe xingava assim, punha-lhe quissende para ele ir embora.

Garrido tinha jurado, nessa hora quando veio, ia sair com resposta de sim ou não. Se sim, para dormir na cama dele; se não, nunca mais lhe falar e procurar matar o quissonde que lhe ferrava no peito. Por isso não desistiu logo-logo, continuou a conversa dele, mas mais nada que podia voltar ao princípio. Inácia já estava má, com as falas de meio-riso na boca, provocadora.

— Olha até, Garrido! — ainda lhe falava assim, a zanga estava só principiar. — Já te falei uma vez eu vou ser como a minha senhora, ouviste?

Uns olhos de cão batido miravam-lhe lá no fundo da cara dele, lisa, da barba feita com cuidado, parecia era monandengue. E esses olhos assim ainda raivavam mais Inácia, faziam-lhe sentir o rapaz era mais melhor que ela, mesmo que estava com aquelas manias de menino que não dormiu com mulher, não sabe nada da vida, pensa pode-se viver é de palavras de amor. Por causa essa razão queria-lhe magoar, envergonhar-lhe como cada vez gostava de fazer.

— E olha mais, Kam'tuta...

A cabeça dele caiu e a pele lisa ficou cheia de riscos em todos os lados, a fome não enchia as peles e a tristeza punha-lhe velhice, mesmo que era um mais-novo.

— ...aviso-te, enh?! Ficas avisado! Quando eu vou com a minha senhora, você nem que me cumprimenta, ouviste? 'tás perceber? Nem que t'atreves a cumprimentar! Senão t'insulto mesmo aí no meio da rua!

— Pronto, está bem, Inácia.

— Cala-te a boca, eu é que falo! Ou você pensa eu vou vestir os vestidos minha senhora me dá embora, vestir sapato de salto, pôr mesmo batom — se eu quero, ponho, ouviu? Ponho! —, para ser ainda cumprimentada por um qualquer à toa como você? Pensas?

Os olhos azuis estavam outra vez colocados na cara dela e mostravam o princípio de um sorriso na boca estreitinha. Não tinha mais vergonha esse sungaribengo, a gente insulta-lhe e ele fica sorrir com cara não sei de quê, parece é maluco. Também era bom, quente, ver uma amizade assim, nada que lhe acabava, mesmo que ela punha chapadas apostava ele um dia ia voltar. Sentiu, nessa hora, vergonha das palavras que tinha-lhe falado, mas não queria ainda desculpar senão o rapaz ia pensar tinha-lhe convencido. Mas não podia esconder todos os pensamentos, nos grandes olhos tinha muito brilho, cresciam no meio da cara bonita e larga, de pele bem esticada, parecia iam-lhe era ocupar toda, tudo, com essa luz que davam.

— Pronto, Inácia, desculpa então...

Garrido atreveu isso com consentimento dos olhos dela. Inácia não respondeu, ficou olhar só, na cabeça dela estava passar confusão, não sabia mais como é ia lhe tratar nesse homem assim diferente, não se zangava, era fraco, a gente podia lhe insultar e tudo, mas nas palavras dele tinha um bocado de força, talvez se as pessoas fizessem o que ele queria, cadavez ia sair bem, quem sabe? Mas como é ela ia viver então com um aleijado, todo o musseque dali sabia, ele com a vergonha da perna, nunca que tinha-se deitado com mulher, as pessoas iam fazer pouco, uma pequena assim bonita e macia, rija como ela, Inácia Domingas, amigar com um homem à toa e tantos que lhe queriam? E mais pior mesmo, sem serviço nem patrão.

A tarde descia depressa porque era cacimbo, o dia fugia cedo, do frio, do vento a xaxualhar nas folhas. No quintal, Jacó insultava, assobiava, cantava, sempre aos saltos para esquivar as bicadas dos galos. Inácia tinha-se calado, triste, estava só coçar o dedo grande do pé, deixar a cabeça fugir com as palavras do Garrido.

— Tem matacanha aí, Inácia?

— Ih! Sukua'! Você pensa eu vivo na lixeira?

Mas ria, deitada em cima do pé, a raspar com a unha, sentia outra vez vontade de brincar. Esticou a perna na frente da cara dele, falou:

— É mesmo, Garrido. Imagina só, onde é que eu apanhei-lhe não sei...

— Aqui tem galinha, tem quintal...

— Você pode me tirar? Podes? Se você gosta de mim, não custa, mentira?

Essa ideia era mesmo daquela Inácia ele gostava olhar só, sem lhe mexer, da pequena que lhe apalpavam na quitanda e sempre esquivava e ria e punha partidas e brincadeiras para todos. Só Garrido é que não, nem ele sentia vontade, nem Inácia tinha coragem para deixar e depois, para desforrar, fazia-lhe pouco.

— Dá alfinete, então!

— Elá! Mas chega bem aqui! Não vai tirar assim de longe...

Chegou mais junto dela e parecia o vento frio do cacimbo tinha ficado quente nessa hora mesmo.

— Senta no chão, dá mais jeito, Gágá...

Tinha voz dela doce outra vez e os olhos macios. Empurrou-lhe o pé na barriga, com devagar de gato, o largo pé descalço de menina de musseque, mesmo em cima do meio das pernas, para pôr cócegas, e um fósforo aceso correu no sangue de Garrido, jin-

LUUANDA

dungo, quissondes a morder-lhe, era bom. Para passar a confusão que lhe atacava começou, com toda falta de jeito, a bicar com alfinete, mas a ponta não queria ficar quieta, não acertava na cabeça do bicho. Era uma bitacaia nova, ainda só começava entrar, metade de fora parecia estava espreitar, cocaiar, gozando as pessoas, não era mauindo ainda, não. Por isso mais, comichão estava muita. E a técnica de Kam'tuta, nesses casos, era encostar uma agulha fina na pele e avançar devagar, furar-lhe o corpo um bocado só, pouco, e, depois — tau! —, puxar-lhe. Mas como ia fazer nessa hora em que ele todo tremia, cheio de frio do calor no sangue e a mão quente de Inácia tinha-lhe agarrado na capanga dele para não cair e todo o peito rijo e macio, a boa catinga do corpo maduro dela estavam em cima dele, sentia-lhe entrar em todos os buracos da roupa? Atrapalhado levantou um bocado a cabeça para respirar bem, ver se o quente ia embora, mas isso é que foi mesmo o pior, até a cabeça caiu com o peso do sangue a bater em todos os lados, ngoma de farra dentro das orelhas.

Inácia tinha puxado a saia bem em cima dos joelhos redondos e lisos e Garrido sentiu nos olhos a queimar-lhe, a tapar tudo o resto, aquela pele preta, engraxada, luzia no escuro lá dentro das coxas compridas e rijas e esse sentir queria lhe puxar a cabeça mais em cima para espreitar outra vez, mais, era bom aquele branco a chamar lá no fim do escuro todo do corpo dela, Garrido podia jurar não tinha cor mais bonita que aquela, um branco muito lavado lá no fundo da noite da saia, mais escura agora com a noite de verdade que chegava, quem sabe mesmo, com as corridas para tapar o encarnado da cara de Garrido Fernandes.

— Ená, Gágá! Não treme então! Segura com a outra mão...

Agarrou-lhe no tornozelo bem feito, apertando com carinho. O calor parecia corria nos braços como água da chuva, saía do corpo dele com depressa, para entrar na perna da Inácia, ela até tinha-se abaixado mais fingido era para espiar o trabalho, mas, com a respiração, só as mamas macias faziam festas na cabeça de monandengue do Garrido. Talvez mesmo, quem sabe?, a bitacaia nessa hora estava gozar os falhanços de Kam'tuta, ele, que era um mestre nos mauindos, não conseguia lhe furar. Verdade que o alfinete estava grosso, mas um como ele, devia trabalhar ainda com qualquer ferramenta à toa.

Sentiu a bitacaia podia morar mesmo lá, pôr ovo, fazer mauindo, nada que lhe interessava já nessa hora; se ia continuar assim com os quissondes a lhe atacar no sangue cada vez mais e a malandra da Inácia a chegar, a encostar, mostrar os segredos do corpo dela, provocar dessa maneira, cadavez podia ainda pensar ela queria dele, ia lhe agarrar ali mesmo, atrás da capoeira, que a noite já prestava, escura que vinha.

LUUANDA

Mas quem veio, num voo torto, foi o Jacó. Pousou na dona, desatou bicar o Garrido, estragou-lhe o serviço que queria fazer, deu-lhe berrida até em baixo da mandioqueira.

Falei a raiz da estória era o Jacó e é verdade mesmo, porque se não era esse bicho ter todos os carinhos de Inácia, nada que ia suceder, nem o Kam'tuta aceitava o que a pequena pediu-lhe no fim e era uma vergonha, ele já não estava mais monandengue de andar fazer essas habilidades.

Mas como é Garrido podia, cheio de vontade pela Inácia, queria-lhe mesmo amigar para acabar a dor no coração e matar os quissondes que andavam-lhe passear no sangue, como é ele ia fazer, se um papagaio velho e sujo, mal-educado, adiantava pôr beijo na boca da pequena e esconder em baixo das pernas dela?

A noite estava chegar, mas já morava no coração de Garrido logo na hora a Inácia decidiu acabar mesmo zangar o rapaz com o Jacó. Disse baixinho, quase nem que se ouvia:

— Kam'tuta, sunga...

Nem precisou acabar. Logo o Jacó abriu a asa e pôs um barulho parecia era riso de pessoa, antes de falar. Cantou:

Kam'tuta...tuta...tuta... sung'ó pé...pé...pé...

LUUANDA

E depois Inácia continuou **furar no coração** dele.
Disse:

— Tunda!...

Jacó não esperou. Mais alto que tudo continuou
cantar:

Sung'ó pé... tundé...tundé...tundé...
sung'ó pé...pé...

E lembrou mesmo mais, para acabar a brincadeira: pegou o bago de jinguba no bolso, pôs na
boca dela, pediu:

— Jacó, Jacó... tira o baguinho!

Jacó veio e com o cantar de riso dele, bicou-lhe
na boca, tirou-lhe a jinguba. Garrido, era um soco
cada vez ele fazia isso. Nem que aguentou mais,
pediu:

— Inácia! Você me faz pouco, se quiser. Mas não
deixa esse rosqueiro te mexer na boca. Um bicho
porco!

Com cara de menina que não sabe nada, pôs os
olhos grandes na cara de Garrido:

— Ai? Tem mal?

LUUANDA

— Tem, Naxa.

Nem que refilou lhe chamar como ela não gostava.

— Tenho ciúme do bicho, pronto! Já sabe!

Não tinha mesmo no mundo cara tão sonsa como de Inácia nessa hora:

— Não digas?! Você sente raiva por papagaio me pôr beijo assim?...

— Por acaso sim, Inácia, não faz mais!

— E se eu digo a ele: Jacó! Jacó! procura o bago...

Nessa hora foi só ver o papagaio meter o bico, a cabeça toda no decote largo, procurando a jinguba Inácia tinha deitado lá no meio das mamas gordas que tremiam com o sacudir das asas do pássaro. Garrido nem sabia já o que sentia: se era o quissonde no sangue, o jindungo a correr, pensando o peito dela assim bicado devagarinho como Jacó sabia; se era raiva de apertar pescoço nesse bicho ordinário, podia mexer onde ele até tinha vergonha de olhar só.

— Também tem ciúme do meu peito, Gágá?

— Juro! Por acaso tenho! E raiva no Jacó!

— E se eu deixo ele andar dentro do vestido, você zanga, Gágá?

— Por acaso! Por acaso até sou capaz de lhe apertar o pescoço. Juro! Inácia, não faz isso, não faz isso, não me provoca só, Naxa!

Mas o Jacó já saía com a cabeça do peito para engolir o bago, tinha-lhe encontrado, a Inácia ria toda, mexia, torcida de cócegas que as penas lhe punham.

— Fica quieto, Jacó! Está me pôr comichões...

— É os piolhos do fidamãe!

— Não tem piolhos o Jacó! Piolho tem você... Jacó... Jacó... vai chover!

Nessas palavras então era o cúmulo, ninguém que podia mesmo continuar ali a ser gozado dessa maneira assim, sem respeito. O papagaio desceu devagar e espreitando com a cabeça nos joelhos apertados da Inácia, meteu-lhe em baixo da bainha, começou a andar lá para dentro, para o escuro, largando seus pios e assobios, cantarolando:

Vai vir chuva... vai vir chuva...

LUUANDA

Inácia ria, torcida com cócegas, a cara de raivado do Garrido Fernandes. E quando o rapaz levantou-se devagar para adiantar arrancar com a perna aleijada, feito pouco, triste e envergonhado, Inácia chamou-lhe manso, com todo o açúcar-preto da voz dela:

— Gágá! Não me deixa só no escuro...

É que o escuro tinha descido já, as luzes começavam piscar em todos os lados, na quitanda já tinha barulho de homens a gastar o dinheiro no vinho, voltando do serviço. Garrido parou, baralhado, não sabia se ficava, se ia embora; se calhar era só para adiantar fazer mais pouco que lhe chamava, a voz era de mentira, aquele Gágá não queria dizer. Mas, devagar, veio sentar-se mais perto dela, pediu:

— Primeiro, se você quer eu fico, enxota o fidamãe do Jacó!

Inácia aceitou, deu-lhe berrida; o bicho foi embora pelo chão, pesado e torto, parecia era pato marreco, falando os insultos sô Ruas tinha-lhe ensinado e ele nunca esquecia.

— Depois, se você quer eu fico para te tomar conta até na hora de vir a tua senhora, deixa ainda te dar um beijo!

— Elá! 'tá saliente!...

Nem Kam'tuta mesmo que sabia como é tinha-
-lhe saído essas palavras na garganta, nada que
tinha pensado disso naquela hora, se calhar era o
quente do sangue que ensinava a coragem desses
pedidos assim. Inácia riu muito, os seus dentes todos
de coco ficaram a tremer no escuro, a pôr música
nas orelhas de Kam'tuta.

— 'tá bem! Aceito!

Atrapalhado, não esperava ela ia dizer sim, Garrido levantou os braços, a cabeça começou trabalhar mais depressa que as mãos e sentiu, mesmo
sem lhe tocar, a pele quente das costas que ia abraçar, o macio de sumaúma dos lábios grossos, o
molhado quente da boca dela, tudo assim como pensava de noite, os olhos abertos no escuro do seu
canto onde dormia e fabricava aventuras que nunca
se passavam mais.

— Espera ainda! Você pode me pôr um beijo, se
você quer te deixo mesmo passar sua mão nas minhas pernas, mas quero troco também...

— Diz, diz! Eu faço já!

— Juras?

— Juro a alma da minha mãe!

— Olha então... Eu ouvi que você pode mesmo
andar ao contrário... Põe mãos no chão, arruma tua

perna aleijada na capanga e anda em volta do quintal para eu te ver ainda!

— Não!

Uma dor grande, de lhe pôr chapadas, estava nas mãos levantadas prontas para lhe abraçar.

— Não, Naxa! Não faz pouco de mim, assim!

— Ai?! Fazer pouco, como então? Pra você se mostrar...

— Não! Não sou Nuno. E mesmo se eu faço, não é habilidade nada. E só porque sou aleijado, e Deus Nosso Senhor assim é que mandou...

— Deixa, pronto!... Você é que sabe, Gágá. Se não queres me pôr um beijo, se não gostas as minhas pernas, é contigo. Mas depois não vem me chamar eu sou camuela consigo, só gosto os outros!

Uma vontade de chorar, de berrar, de rasgar aquela cara de miúda sem pecado da Inácia, a olhar-lhe quieta, com os grandes olhos de fogo, é que tinha. Mas as mãos não aceitavam chapadas, queriam era só abraçar-lhe, amarrar-lhe no corpo estreito dele, esfomeado, cheio de sede. Com as lágrimas quase a chover, baixou a cabeça, estendeu os braços magros e pôs as largas mãos no chão. Nem precisou dar balanço nem nada, o corpo ficou pen-

durado para baixo, uma perna no ar e a outra, fina
e aleijada, enrolou logo no pescoço.

Assim quieto, endireitou a cabeça de monandengue. Mirou Inácia sentada, viu a tristeza mesmo, a
pena, já estavam chegar, vendo-lhe nessa posição é
que parecia ele era meio-homem só. Mas não quis
olhar-lhe mais, começou andar. Cada passo das mãos
era um espinho no coração, um peso que acrescentava, não deixava ir na zuna e ele queria acabar logo-
-logo, fugir dessa figura que ele mesmo via dar a
volta no quintal com depressa, quase era corrida já,
para matar a vergonha, ninguém lhe ver, adiantar
receber o prémio, fugir para longe.

— Pronto, já 'cabei, Naxa...

Estava triste, triste, a voz. Azuis, os olhos quase
cacimbados. Sem força nos braços para abraçar. Mas
o quissonde veio morder outra vez no sangue vendo
Inácia assim quieta, derrotada, nem que mexia, só
os olhos a mirarem para lá da mandioqueira, já não
a rapariga antiga, parecia era uma miúda mesmo.
Uma grande ternura cobriu a vergonha toda do
Kam'tuta, apagou a tristeza, desculpou as malan-
drices da Inácia, queria-lhe pôr festas, falar coisas
bonitas, prometer, fazer, mas nessa hora só conseguiu abaixar-se sorrindo bom, para um abraço melhor ainda do que queria, sem jindungo no corpo,
sem vontade de lhe apertar, de lhe encostar nele,
só de pôr brincadeira no cabelo dela, passar a mão

na pele redonda dos ombros, repetir mansinho nas orelhas dela as palavras ele sabia ela gostava.

E se não tivesse pensado assim, se não estivesse cheio dessa felicidade que vem sempre quando a gente pensa as coisas boas para outra pessoa, tinha pelejado, tinha arreado porrada na Inácia, não fazia mal ela era uma mulher, não havia direito fazer pouco assim um homem. Mas não, a felicidade não deixou. A chapada de Inácia, os gritos da pequena no meio das lágrimas, depois as gargalhadas de mentira, só lhe fizeram ficar mais banzado, de boca aberta, nem a chapada na cara que lhe doeu, os olhos azuis grandes e fundos ficaram mirar espantados, tudo parecia estava suceder no meio do fumo da diamba, a Inácia a gritar, xalada, a insultar-lhe correndo para dentro da quitanda:

— Sungaribengo de merda! Filho da mãe aleijado! Sem-pernas da tuji! Pensas podes-me comprar com brincadeira de macaco, pensas? Tunda! Tunda! Vai 'mbora sagüim mulato, seu palhaço!...

Com devagar, puxando atrás dele a perna aleijada, o coração rebentado, o sangue frio, mais frio que o cacimbo das lágrimas e da noite fechada em cima do musseque, Garrido sentiu ainda muito tempo os assobios, a voz de fazer-pouco do fidamãe do papagaio Jacó, xingando-lhe lá de dentro da mandioqueira:

Kam'tuta... sung'ó pé... o pé... pé... pé...

*

João Miguel, que lhe chamavam o Via-Rápida, era o cabeça. Ninguém que discutia, verdade de todos, nem pensavam podia ser diferente. Mas o homem de confiança era o cap'verde Lomelino dos Reis por causa só ele é que falava no Kabulu, sem esse branco o negócio não andava mais. E com Garrido Fernandes, o Kam'tuta, eram a quadrilha. Quadrilha à toa, nunca ninguém que lhe organizara nem nada, e só nasceu assim da precisão de estarem juntos por causa beber juntos e as casas eram perto. Sem mesmo adiantarem combinar, um dia fizeram um assalto numa montra de barbeiro e deram conta Lomelino executou, Via-Rápida ajudou e Kam'tuta atrasou fingindo mijar na parede, a vigiar por causa as patrulhas. Pronto, ficou assim: o cabeça era o João Miguel, ele é que dividiu o dinheiro; quem lhe arranjou foi o Dosreis vendendo o perfume e outras coisas no Kabulu e todos ficaram confiar nele senão não podiam mais trabalhar; Kam'tuta, aleijado, só serviu para avisar. Ficava de vigia e quando os outros queriam nem lhe avisavam nem nada para não atrapalhar se era o caso de agarrar uma berrida. No fim, davam-lhe a parte dele: metade de uma metade, se não ia; uma parte igual dos outros, se lhes acompanhava. Assim, nunca podia pôr queixa deles.

A reunião era sempre aí na quitanda do Amaral, oito horas-oito e meia, hora que começavam sair nas cubatas, jantar já na barriga, depois de passar o dia à toa na Baixa, procurando emprego de verdade ou dormindo no quintal quando era dia seguinte dum trabalho. João Miguel é que estava sempre o primeiro a chegar e quando Dosreis entrava já o rapaz tinha bebido mais de meio-litro com gasosa como ele gostava. Mas nessa noite dos patos tudo que começou, começou passar ao contrário, parecia já estava se adivinhar era diferente, alguma coisa que ia suceder.

Quando o Lomelino chegou, cansado do caminho no Rangel e mais para lá, o João Miguel ainda não tinha aparecido. Perguntou para menino Luís, o empregado, mas ele falou não, o Via-Rápida não tinha estado lá. Nove horas eram quase, cadavez o rapaz tinha ido no cinema com alguma pequena, mas sempre assim ele avisava primeiro. Só que hoje não podia faltar, tinha-lhe deixado um aviso na vizinha Mariquinha, para lhe dar encontro oito e meia no Amaral. Bem, esperar.

Sentado no canto deles, Lomelino acendeu o cigarro, mas a cabeça não queria ficar mais quieta, aguentar o jeito de esperar no amigo, também não era tarde ainda. Não. Os pensamentos não aceitavam e a preocupação enchia-lhe pouco-pouco com o virar do tempo. Porque ia ser pena se perdiam essa noite assim escura para fazer o trabalho dos patos do Ramalho da Silva, lá no Marçal. Já andava lhe estudar muito tempo, desde o dia João Miguel descobriu era

LUUANDA

um pouco fácil de fazer e o lucro certo. Mas lucro certo também só se o Lomelino ajudasse com os conhecimentos dele. Custou a convencer o Kabulu, o homem não gostava esse assunto de criação, só queria as coisas de guardar numa cubata sòzinha sem ninguém para lhe tomar conta, bicho que mexe e fala é preciso tratar e sempre chama polícia. Dosreis falou agora as coisas quietas estavam bem guardadas e as patrulhas eram de mais e, depois ainda, nestes tempos, entrar em casa leia é perigoso, as pessoas põem logo tiro e a desculpa é que é terrorista e pronto, os casos ficam arrumados. Voltou então para receber resposta nesse dia, sete horas lá estava, encostado no balcão, bebendo seu meio--litro, fingindo. Sô Kabulu, gordo e encarnado, veio para ele, mas só lhe disse estas palavras:

— Carreguem-lhes na casa do Zeca Burro!

Melhor. No Zeca Burro conhecia-lhe bem: matador de cabritos roubados para vender a carne, uma vez fizeram-lhe até um negócio dumas cabrinhas que já estavam mesmo velhas e doentes e rendeu. Com ele era canja; o pior era o assunto quem tinha-lhe tratado era o Kabulu e esse gosmeiro é que ia tirar o lucro, apostava só ia lhes pagar os bicos preço do Kinaxixi menos que metade e depois recebia mais que o dobro no Zeca Burro. E eram mesmo uns patos gordos, não andavam no lixo, vadiar nos musseques, não. Tinha um até, branco quase, que ele tinha-lhe visto bem, esse bicho cadavez ia rebentar se lhe engordavam mais, quatro quilos apostava.

Saiu embora na loja do Kabulu, no escuro veio vindo devagar para ganhar tempo e não cansar de mais, a respiração já estava lhe fazer partidas, nesses dias de trabalho o coração acelerava e o sangue, habituado à mangonha do trabalho quieto, corria logo com a ideia do escuro, do serviço, e também pensava cadavez o João Miguel ia refilar por ele não ter se lembrado mais do Zeca Burro, assim iam perder um lucro de patos gordos. Mas com João Miguel ele aceitava, o menino era mesmo monandengue ainda, vinte e quatro anos só, obedecia-lhe como pai, respeito de mais-velho. A não ser o rapaz tinha sonhado outra vez os casos antigos e estava na diamba. Talvez era isso para não estar lá na hora combinada, só porque adiantou fumar. E nem mesmo ao menos o Kam'tuta para lhe acompanhar, ali no sòzinho. Mas esse, ele sabia o rapaz agora esses dias só rondava a quitanda da Viúva para ver a Inácia, parecia era um galo com aquela cabeça grande em cima do pescoço fino a arrastar a perna, Deus Nosso Senhor lhe perdoasse, não deve se fazer pouco um aleijado, mas era mesmo parecido um galo o Kam'tuta.

— Boas-noites, compadre Dosreis!

Era o Via-Rápida e sentou logo parecia nem podia mais com o corpo dele. Ficou olhar, banzado, na cara do Lomelino, parecia nunca tinha-lhe visto mais na vida, os olhos quase fechados, quietos, cheios de encarnado de sangue, respirando devagar, mas com força, sopro de vapor de comboio. Sempre que lhe via assim, Dosreis pensava o rapaz era uma máquina. Não era mais porque o serviço dele era agulheiro, no tempo que estava trabalhar no Cê-Efe-Bê, no Luso, nem das estórias que ele punha falando os casos da sua vida de ferroviário. Mas aqueles olhos assim quietos, vermelhos, pareciam eram mesmo as luzes da locomotiva. A força do vento da respiração, na boca, saía com o fumo do cigarro, e o nariz dele, largo e achatado como a frente da máquina, assobiava nessas horas. Forte e todo encolhido na cadeira, só a cabeça esticada por cima da mesa, parecia estava fazer uma força grande de rebocar muitos vagões de minério. Mas a verdade era só que o João Miguel estava chegar mas era de fumar a diamba. E não queria falar.

— Estás bom, João?

— Bem 'brigado, mano Dosreis!

Silêncio outra vez. Custava engatar a conversa assim com ele, era preciso ainda deixar-lhe sòzinho, o veneno da planta derreter no sangue com a velocidade que ele andava e sair embora na respiração. Perigoso até falar, mesmo que quase sempre João Miguel ficava mas é triste porque ele não queria mais fumar, só fumava mesmo quando os casos antigos começavam-lhe arreganhar, não deixavam dormir.

— Vai um copo, João?

— 'brigado, vai.

O quente era bom dentro dele, a paz, uma vontade de não fazer mesmo nada, só sorrir, sorrir, pôr as coisas boas, cantar. Mas os casos não deixavam, estavam fundos, bem fundos, porque Félix era o grande amigo e lá não chegava o feitiço da diamba. Mesmo que lhe tirava a raiz deles, não conseguia apagar mais o sangue espalhado na linha, nas rodas da máquina, nem aquela figura do Félix, todo estragado, a cabeça do outro lado, dentro das linhas, em cima da brita, e o corpo, o corpo de miúdo ainda, torcido, as pernas, com o peso da roda no pescoço, tinham-se levantado, parecia até ele estava com elas no ar na hora da ginástica do clube, até dava vontade de rir. Não, esse sangue nada que lhe tirava no fundo dos olhos, esse cadáver do Félix falecido assim, matado por ele, ele mesmo, João Miguel. Lembra bem: a 205 vinha devagar, comboio da lenha; o Chaveco, maquinista, pôs um adeus de amigo e o Félix fazia-lhe caretas, abraçado no outro, gozando e avisando-lhe a rir:

— Logo nas cinco! Sai treino!

E parece mesmo pode ainda ver os risos dos homens no escuro da máquina, o fumo branco que lhes rodeava parecia grande cacimbo, sentir sempre nas orelhas esses risos. E depois?...

— Mano Dosreis, este vinho é uma merda!

— É igual dos outros, João.

— Mas é uma merda!

— Já sei o que vais falar...

— Pois é! Estou pensar isso mesmo: uma boa via-rápida, um copo bem cheio, a gente bebe essa aguardente, senta no chão, fica com os companheiros, conversa da vida, conversa do serviço, conversa de pequenas, a mutopa aí bem carregada... Aiuê! Saudade, mano! A mutopa cheiinha, tabaco bom, a água a cantar na cabaça, chupa, chupa... Não é essa porcaria da diamba, não é essa merda desse vinho de brancos...

E o grande silêncio outra vez, só o arder dos cigarros e o sangue e a voz dos capatazes a correr, o chefe, o guarda-fios, factor, fiel, todos a porem-lhe socos, sacana de negro e mais coisas, bêbado, bandido... Mas quem gostava o Félix mais do que ele, quem? Pois é, mas foi a sua mão, João Miguel, que mandou a 205 contra o comboio do ferro; foi a sua mão que pôs a roda da 205 em cima do pescoço do Félix, menino fraquinho, nem que aguentou a pancada do choque, caiu logo cá em baixo e a máquina, no pequeno arranque na frente, parou-lhe em cima do pescoço.

— Não! Não quero mais isto! Não posso, mano Dosreis, não posso...

— Calma, então! Olha: vamos ainda lá fora, preciso te falar, assunto sério, temos um serviço...

O vento frio do cacimbo corria às gargalhadas com os papéis pelo musseque fora. As luzes da rua, lá mais longe, pareciam estavam derretidas, descia a espuma no chão ou subia no ar como fumo de fogueira que arde bem, sem lenha verde.

— Então, arranjaste?

— Arranjei. O mesmo. Falou sim, podemos entregar. Só que fica mais longe, não quer lá em casa. Qu'até meia-noite o homem espera. É o Zeca, não sei se lhe conheces...

— Zeca Burro?

— É ele, ele mesmo.

— Não é teu amigo, esse gajo?

— Não, nada mesmo, nem que lhe cumprimento... — mentiu Dosreis. — E que o resto é com a gente.

— Está bem. Vamos combinar.

Sentia-se o ar fresco e a conversa estava fazer melhor no Via-Rápida. Falava mais direito, guardava aqueles olhos grandes mais abertos, mas na cabeça começava trabalhar bem, todos os porquês e como ele resolvia logo-logo, também conhecia o quintal como a cara dele e o plano era fácil, a casa ficava nuns fundos de cubatas, só beco estreitinho é que tinha para lá, caminho das patrulhas um bocado longe.

— E a hora?

— Onze e meia é bom. Acabamos-lhe rápido e depois você pode mesmo andar no meio das pessoas que vão sair no cinema...

Dosreis estava guardar, com receio, a pergunta mais especial para fazer só no fim. Nesses dias de diamba ninguém que sabia porquê, o João não gostava mais o Garrido; eles, que todos dias eram braço em baixo, braço em cima, falando conversas diferentes das pessoas e das maneiras de viver a vida, até admirava. Mas era mesmo a verdade: sempre que Via-Rápida lembrava Félix não gostava a amizade do Garrido e quase escapava passar luta.

— João!... E o Kam'tuta, levamos-lhe?

Mal que tinha posto a pergunta o não do rapaz foi alto, com força, via-se não admitia resposta ao contrário.

— Mas vê ainda... Ele podia ficar no fim do beco para assobiar as patrulhas...

— Não! Não precisa! Eu vou lá; você vigia. Depois você carrega-lhes no saco e pronto. Não quero aleijado agarrado nas minhas pernas!

— Deixa então, não se zanga. Cada vez também não lhe levamos noutros casos e o rapaz sempre aceita...

— Não, não quero esse coxo da merda, já disse! Até ando a desconfiar ele vai ser é bufo, com aquelas conversas de mudar a vida, para amigar...

— Elá, Via! Qu'é isso, então? Pôr falsos assim? Conheço-lhe de miúdo, João, e você é amigo dele também...

— Amigo, eu!? Eu só gosto as pessoas inteiras, meio-homem eu não acompanho...

— Não pensei falavam as pessoas nas costas, amigos!

João não acabou falar, essa voz saiu no escuro, já lá estava à espera, gelou o coração bom do Lomelino, parecia o sangue tinha fugido todo com a vergonha, naquela hora. No peito de João Miguel é que não: cresceu a raiva, aqueceu a vontade de bater à toa, rasgar-se, arranhar-se em todo o corpo...

Puxando a perna, sempre parecia ia ficar atrás, Garrido saiu do escuro da esquina da quitanda e veio, com devagar, a cabeça levantada e os olhos. Dosreis avançou para ele; João Miguel recuou, encostou na parede.

— Escuta ainda, Garrido! Eu explico...

— Não adianta, amigo Dosreis. Eu ouvi tudo. Na hora que eu cheguei, vocês falavam a hora de atacar e fiquei ali a espiar...

João Miguel saltou, raivoso.

— Não dizia? Não te dizia? Bufo é que você vai ser!

Dosreis aguentou-lhe, meteu no meio, separando com o seu corpo velho.

— Não m'insulta só, João! Por acaso sou teu amigo, mas não vou deixar mais que me façam pouco à toa... Jurei!

E tinha uma vontade diferente nos olhos azuis do rapaz, Lomelino nunca tinha-lhes visto assim.

LUUANDA

Parecia até a perna era já boa, a sair direita do calção. Garrido estava todo em pé, o corpo magro levantado, mas o que admirava mais era ainda a calma daquela cara de monandengue, os olhos bem de frente no João Miguel, ele nem lhes aguentou, teve de baixar a grande cabeça de máquina de comboio e o Kam'tuta repetia devagar, cada palavra sua vez:

— Todos me fazem pouco, mas acabou, compadre Dosreis! E você ainda, João Miguel, meu amigo! É a você eu quero avisar primeiro: você ganhaste raiva de mim, não te fiz mal. Sempre que vou nos serviços, faço como vocês. Não têm culpas para mim. Quando vieste, já m'encontraste com meu compadre Dosreis. Porquê agora eu é que saio? É porque sou aleijado, coxo, meio-homem, como você falou? Não admito mais ninguém me faz pouco. Luto, juro que luto! Nem que você me mata com a porrada, não faz mal... Ouviste? Ouviste, João Miguel?

Parecia o rapaz estava maluco mesmo. Sacudiu o Dosreis do caminho, ele deixou-lhe passar, admirado com este Garrido novo, levantado. Mas não tinha mais medo, nada que ia suceder, o João nunca que aceitava pelejar com o Kam'tuta.

— Ouve bem! Por acaso você é meu amigo, é por isso eu te aviso, sabes? Não tenho medo, fica sabendo. Nem de você nem de nenhum sacana neste musseque... Sukua'! Aleijado, meio-homem! Olha:

você é grande, mas não presta; o seu corpo está crescido, mas o coração é pequeno, está raivoso, cheio de porcarias.

— Cala-te a boca! Cala-te a boca, mano Garrido, senão...

— Bate, se você é capaz. Arreia! É isso que eu quero com você, não percebeste ainda? Quero pelejar! Ao menos um dia luta com um homem, um que não tem medo. Arreia, bate, se você tem coragem!

Direito, no meio da noite, o Garrido Kam'tuta crescia, não estava mais o rapaz torto, sempre a cabeça no peito, escondendo em todos os cantos, fugindo as berridas dos monas que lhe insultavam:

Kam'tuta, sung'ó pé!... Sung'ó pé...

E João Miguel via nascer na frente dele, outra vez, o Félix. Era ainda o seu amigo que estava lhe falar ali, nascia dentro do Kam'tuta com aquelas frases corajosas que sempre soubera, aquela maneira de ficar ganhar mesmo quando lhe davam uma boa surra de pancada. Fechou as mãos grossas escondendo-lhes nos bolsos, elas queriam sair sòzinhas para atacar o Garrido, se ele não ia se calar, não podia mais ouvir, não podia deixar mais entrar aquelas palavras que ele falava e estavam estragar todo o trabalho bom, paciente, da diamba. Não podia sentir assim a verdade a queimar-lhe as orelhas, por dentro, por fora da cabeça, era mesmo melhor fugir senão ia esborrachar o mulato, ele era um fraco no corpo...

— Cala o Garrido, Dosreis, cala-lhe a boca, senão mato-lhe!

— És um cobarde, João! Você tem medo da verdade! Você, no seu coração, tens é um ninho de ratos medrosos. Aceita o que sucedeu, vence essa culpa que você tem. Não fica medroso, não foge da diamba, luta com a dor, luta com a vida, não foge, seu cagunfas, só sabe pôr chapadas e socos nos outros, nos mais fracos, mas contigo mesmo não podes lutar, tens medo... És um merda! Tenho vergonha de ser mais seu amigo!

Lomelino correu para lhe agarrar, mas falhou. O mulato mexia parecia tinha feitiço, correu mesmo com a perna parecia já nem era aleijado nem nada, vuzou uma cabeçada no João Miguel.

— Deixa-lhe, João! O rapaz está bêbado!

Mas João Miguel não aceitava, nem mesmo as palavras sempre boas do amigo Dosreis serviam, nessa hora em que a raiva estava nas mãos a torcer dentro dos bolsos, a pensar apertar mesmo o pescoço do mulato, aquele pescoço magro de osso saliente parecia até com o feitio das mãos. Mas, no coração, uma chuva de cacimbo subia, ele sentia-lhe chegar nas janelas dos olhos; nas orelhas dele aquelas palavras que nunca ninguém tinha-se atrevido a falar-lhe, roíam, punham eco em todos os cantos do corpo; e a cabeça pesada, estalava, parecia os ossos eram pequenos para guardar tudo o que estava pensar, tudo o que as falas do Kam'tuta tinha-lhe soltado lá dentro, já ninguém que lhe amarrava mais.

Avançou para o Garrido; enxotou com uma só mão o Dosreis, foi bater na parede; depois parou mesmo na frente do mulato, só ficou ouvir-se a respiração assustada. A cabeçada na barriga era nada mesmo, mas aqueles olhos azuis, fundos, numa cara de miúdo, esses é que ele não admitia, não podia-lhes consentir assim arreganhadores na cara dele, não podiam continuar a dizer tudo assim calados. Levantou a mão fechada, grande, pesada biela de locomotiva, em cima da cabeça do Kam'tuta para lhe esborrachar.

— Bate! — falou, cheio de calma, o Garrido.

Nada. Silêncio de vento a correr cafucambolando pelo meio das cubatas.

— Bate, cobarde! — repetiu-lhe Kam'tuta.

O braço grande, pau de imbondeiro levantado no ar e Lomelino rezava para dentro, nada que podia fazer mais nessa hora, para João não lhe deixar cair, era a morte de Garrido.

— Bate, se tens coragem!

Já tremia a voz de Garrido, mas os olhos eram ainda os mesmos, colados na cara de João Miguel, ele não podia fugir naquela luz, estava preso, amarrado naquela coragem nova dum homem fraco, não precisava mais ter o corpo grande para lhe desafiar assim, mostrar uma pessoa aguenta de frente os casos da vida, quando é preciso.

— Deixa o rapaz, Via! Favor...

Foi um soco no João, a voz assim a pedir, de Dosreis, doeu mais que tudo, um mais-velho como ele não pedia, mandava. A vergonha veio mais depressa, o sangue fugiu todo, a voz rouca um pouco, do Lomelino, é que abaixou o braço, os olhos, todo o grande corpo do João. Com raiva de bater mas era no Lomelino, sem saber ainda o que podia fazer nessa hora, João Miguel desatou fugir no areal, pelo frio adiante, na direcção das luzes derretidas no meio do cacimbo, com o Lomelino dos Reis atrás dele.

Garrido Kam'tuta virou então no escuro, com devagar, arrastando outra vez a perna aleijada. Toda coragem tinha fugido embora com os amigos e, assim, só foi encostar-se na parede da quitanda sem força para nada. Sentou no chão e desatou chorar com choro silencioso.

*

Na mesma hora que a patrulha dava encontro com o cap'verde Lomelino dos Reis e lhe agarrava com um saco cheio de patos gordos, o Garrido Fernandes Kam'tuta estava roubar o papagaio Jacó.

Mas antes sofreu muito, mais do que todos os dias quando deitava no quarto e ficava pensar toda a noite coisas a vida não queria lhe dar por causa ainda desse seu azar da perna aleijada, da paralisia de miúdo. Mais: nas outras vezes não tinha grande confusão, tudo passava-se era só uma linha direita, ele sentia bem o que fazia-lhe sofrer, o que estava--lhe alegrar, e era fácil descobrir assim, de olhos abertos na escuridão, se arranjasse um trabalho de verdade não custava resolver o outro caso de mulher para viver com ela. Mesmo que ele pensava umas coisas boas de mais para o casamento, como lhe duvidava seu amigo João Miguel, dizendo: sim, as mulheres eram boas, um homem não pode viver sem a mulher para lhe acarinhar, para lhe ajudar, para crescer os monas, para alegrar na tristeza, para dividir com ela na alegria, trabalhar embora; mas também — e isso é que Kam'tuta não aceitava acreditar e Via-Rápida falava ele era monandengue, não sabia a vida — as mulheres são a raiz do nosso sofrimento; mulher fala de mais; o casamento não é só o riso e o quente de deitar de noite para descansar o trabalho dos dias, não é só a felicidade de você ter uma pessoa que lhe olha bem nos

LUUANDA

olhos e você confia. A vida é muito complicada, sonhar só atrasa ou só adianta mesmo quando você põe no sonho essas mesmas complicações e as coisas boas também, e isso um rapaz como Garrido Fernandes não podia ainda saber, não era burro não, mas exactamente porque viveu pouco só, a cabeça dele só pode pensar as coisas boas que inventa.

Mesmo com todas as conversas, não doía nessas noites pensar assim; se doía era só as partidas da Inácia, a vergonha da perna, o querer amigar com a pequena, um trabalho bom para mudar a vida. Mas nessa noite era mais diferente de todas: dantes não pensava com raiva, não pensava a vingança, tudo ele julgava podia se resolver só por acaso, deixava. Agora, dez horas já passavam, e o choro ainda não queria lhe largar, o coração estava apertado, muitas coisas que tinham acontecido. A partida da Inácia, gozando-lhe com o papagaio Jacó, era uma ferida larga dentro dele, chegou mesmo uma hora pensou até o melhor que era se matar, para quê valia viver assim feito pouco de todos? Depois, essa raiva de si passou na Inácia, imaginou as mãos dele a agarrarem no pescoço negro e macio, apertarem, apertarem, ia olhar-lhe bem na cara dela para lhe ver ficar branca, morrer pouco-pouco, o fogo nos olhos a apagar, a apagar devagar até ficar o escuro. Mas pensando assim, quase que tinham saído as lágrimas, ele sabia depois ia-lhe chorar na campa, as flores que ia-lhe pôr todos os domingos, a polícia não podia mesmo descobrir era ele, todos sabiam Kam'tuta era um fraco, insultavam-lhe e ele nem refilava, só ouvia. E então, no escuro, via mesmo Inácia toda vestida de branco, deitada no caixão e a pele era até mais bonita, só que ninguém tinha-lhe conseguido fechar os olhos, ficaram abertos e grandes como eram viva, mas apagados, vazios do fogo, com cacimbo no lugar. O pior é quando se pensa muito com a raiva, a raiva gasta e acaba. Devagarinho, a dor passou, uma pena grande veio no lugar e quis adiantar dormir com esse perdão na Inácia, mas João Miguel, o grosso punho levantado em cima da cabeça dele, não deixava. Doía também porque Garrido sabia ele era um amigo, o único a quem costumava falar os assuntos sentia dentro dele, mesmo ideia de se matar e tudo. Por isso custava, picavam na cabeça as palavras dele outra vez, que lhe ouvira no escuro, chamar-lhe meio-homem. Até esse, João Miguel, seu amigo, que sempre lhe consolava dizendo o que valia era a cabeça e a cabeça de Garrido era boa, até esse chamara-lhe de aleijado e sem-pernas. E mais: não quis aceitar-lhe no roubo dos patos. Ele, Garrido Fernandes, não foi num roubo de patos! Ele, que tinha aguentado já seis meses na conta de todos por causa um capiango numa estação de serviço! Porem-lhe assim de lado, trapo velho que só presta para ir no lixo. Isso doía, doía muito, como também doíam as palavras que ele mesmo nem sabe como falou no João Miguel, o rapaz não merecia assim, mas naquela hora tudo saiu na boca sem poder parar, não era ele ainda que estava falar, parecia tinha um cazumbi, só xinguilava, só dizia o que ele mandava. E se Via-Rápida se ia zangar

LUUANDA

de vez com ele? Agora que não podia falar mesmo mais com a Inácia? E também Dosreis, seu amigo de mais muito tempo, respeito para ele era ainda como um pai, nem lhe ligara, nem lhe defendera, só pôs umas palavras fracas e ele mesmo, só ele que podia convencer o João Miguel a lhe levarem também, sem velho Lóló o negócio não andava. Porquê não fez força? Não arreganhou, não ficou do lado dele, contra Via-Rápida?

Todos esses pensamentos soltos na cabeça pediam-lhe para levantar, não se deixar ficar assim ali deitado à toa, esperando por acaso passasse qualquer coisa. As palavras que ele mesmo tinha falado no João Miguel, para lutar, não deixar-se vencer recordou-lhes uma a uma e um frio mais quente é que veio. Sim, senhor, lutar. Mas lutar como, então? Ele, um aleijado, posto de lado num simples roubo de patos, profissão sapateiro mas sem serviço, os outros lhe conheciam, os sô mestres falavam ele era do capiango, não aceitavam dar trabalho nem ao dia, como ia lutar? E se lutasse, lutar com quem então? João Miguel, o Via-Rápida? Não; tinha-lhe deixado naquela hora, não quis-lhe baixar a mão fechada, mas não podia mais falar bem com ele, passava confusão com certeza. E depois também, com o amigo, a luta era outra. Só ia ser lhe acompanhar sempre, falar, ajudar, para ser ainda ajudado, não deixar a diamba tomar conta de vez na cabeça do agulheiro.

Lomelino? Dosreis era seu mais-velho, seu pai quase — que pai não lhe conhecia, um branco qualquer, à toa — e também não tinha a culpa toda, ele é que comandava o trabalho, mas o cabeça era mesmo o João. E mais: Lomelino era um mais-velho, nem de palavras se pode lutar com mais-velho, senão os outros mais novos não vão-lhe respeitar mesmo depois.

Inácia? Sim, ela mesmo, vadia, cachorra, lhe fazia pouco sempre, gozava. Mas debaixo desses insultos, as palavras boas que às vezes dava-lhe ou ainda os olhos que lhe punha quando ele começava falar a vida boa que sonhava, eram também um peso muito grande e derrotavam os insultos, não deixavam-lhe sentir verdade, ele mesmo era o que a rapariga falava: um fraco.

Então, quem? Cada qual era bom e mau; cada qual sòzinho não podia lutar com eles, não estava certo. Lóló e Via-Rápida tinha-lhe deixado de lado, mas amanhã, sem perigo nenhum, ia receber uma metade da metade do lucro para ele e nunca que João Miguel fazia batota nas contas, esse dinheiro era santo como ele dizia. Quem era o inimigo? O Jacó? Num de repente viu bem o culpado, o bandido era esse bicho velho e mal-educado, mas depois até desatou a rir. Um homem como ele e o inimigo dele era um bicho, não podia! Mas a verdade é que essa ideia crescia como capim por todos os lados da cabeça e do coração. Não, não podia ser, não era. Verdade que os monas lhe xingavam «kam'tuta, sung'ó pé» de ouvir o papagaio, mas quem ensinou foi a Inácia, ela

LUUANDA

é que inventou. Papagaio não pensa, só fala o que ouve, o que estão lhe dizer. E se os monandengues chamavam não era mais maldade, ouviam os mais--velhos, ouviam o papagaio gritar assim dessa maneira. O melhor era perdoar o bicho.

Mas aquela confiança de andar em baixo do vestido da Inácia, aí onde Garrido nem olhava, também não é inimigo um bicho assim? Um pássaro saliente que recebe mais carinhos que pessoa? Então o inimigo era o Jacó? Não pode. Um pobre bicho, só é mau porque lhe ensinaram, sô Ruas é que fez ele assim malcriado com as asneiras de quimbundo, um coitado nem que lhe limpavam no rabo, as penas sempre sujas, cheio de piolhos de galinha, não tinha poleiro, dormia na mandioqueira, ninguém que lhe ensinava coisas bonitas, verdade mesmo, ele sòzinho assobiava bem, não podia ser ele o inimigo duma pessoa.

Mas no escuro do quarto o papagaio Jacó, velho e sujo, apareceu-lhe como a salvação, ele é que ia lhe livrar de muitas coisas, ia-lhe servir ainda para lutar com todos. Era isso, Jacó era a sua arma. Ia acabar com ele, custava torcer o pescoço, mas também já estava velho, coitado, não servia para mais nada. A melhor vingança era essa mesmo.

Primeiro: Lóló e João Miguel iam ver ele era um bom, não servia só para ficar vigiar nas esquinas. Sòzinho, ia roubar um papagaio, bicho que é como pessoa, quase que fala; ia lhes mostrar o que ele era, depois haviam de pedir favor para fazer sempre o serviço nas capoeiras e não aceitava.

Segundo: também acabava com esses gritos «Kam'tuta, sung'ó pé». Se não lhes ouvissem mais, os monandengues iam esquecer; se era preciso até fechava-se no quarto durante umas semanas, desculpava doença, para dar tempo a se esquecerem da alcunha.

Terceiro e muito importante mesmo: o fidamãe não ia mais cheirar na Inácia, roubar assim o carinho de pessoa.

Ria satisfeito com a ideia dele, a raiva já tinha fugido, uma grande alegria bocado má mordia-lhe na boca toda. Procurou os quedes no escuro, vestiu-lhes; pôs a camisa, saiu na noite, assobiava até; via já a cara da Inácia acordando de manhã sem o papagaio, era bem feito, não ia bicar mais a jinguba na boca bonita dela, não ia mais fazer cócegas nas mamas com as penas do pescoço, procurando os bagos escondidos, não ia mais fugir da chuva, meter em baixo das saias no escuro quente das coxas de Inácia. Nunca mais, o fidamãe.

—Sukua'! Eu mesmo, depois, é que sou o papagaio!

A voz dele, batida nas paredes, um bocado rouca de todo o tempo calado, assustou-lhe; mas, logo-logo, riu uma grande gargalhada no escuro: iam ver ainda quem era ele mesmo, o tal Kam'tuta como lhe chamavam, ele, ele mesmo, Garrido Fernandes, mulato por acaso, por acaso a paralisia é que tinha-lhe estragado a perna, mas na cabeça a esperteza era mais que eles todos, de duas pernas!

A noite estava feia. Escura, nem uma estrela que espreitava e a lua dormia escondida no meio do fumo dum cacimbo grosso parecia era mesmo chuva. O silêncio tapava ainda mais as cubatas e só as pessoas que viviam ali podiam andar nos estreitos caminhos entre os quintais sem dar encontro nas paredes e nas aduelas, como ia Garrido, avançando devagar, para gozar bem a felicidade tinha chegado na hora em que descobriu o caso era só agarrar o Jacó, torcer o pescoço, fazer-lhe desaparecer.

Furando o escuro assobiava e até parecia de propósito mesmo: estava imitar todos os assobios do Jacó, eles tinham ficado na cabeça. A areia chiava debaixo dos quedes, a perna aleijada deixava o risco dela, de arrastar o pé, parecia caminho de caracol. Baixinho, no meio dos lábios finos da sua boca estreita, ia inventando:

Papagaio louro
Seu mal-educado...

Andava, continuava a cantiga, ritmo de samba, como ia pensando:

> *Você é bicho burro*
> *Vais ser enforcado.*

No meio do cacimbo, lá no fundo do caminho, começou aparecer a mancha negra da grande mandioqueira do quintal da Viúva. Só então o coração do Garrido bateu com mais força; agora que estava chegar, a alegria fugia, espreitava, mirava em todos os cantos do escuro, avançava mais devagar, cauteloso.

Abrir a cancela pequena do fundo do quintal perto das capoeiras foi canja para ele. Conhecia-lhe bem, costumava sair embora ali quando a senhora da Inácia chegava, ela não gostava o rapaz atravessava dentro de casa, tinha falado na pequena todo o musseque sabia o Garrido era do capiango e até parecia mal assim, uma assimilada como ela, com madrinha branca e tudo, estar ligar para um vagabundo como esse coxo. Nem um barulho que fez quando entrou mas um galo pôs um cócócó pequeno, calando--se depois no silêncio do Garrido. Continuou andar mais calado ainda, punha um pé, levantava o outro devagar, pousava-lhe no chão, colocava aí todo o peso do corpo e começava levantar o outro, assim como tinha-lhe ensinado o Via-Rápida explicando na tropa queriam assim, era o passo de fantasma, inimigo nunca ouvia.

LUUANDA

O caminho conhecia-lhe bem, não precisava lua, mas nessa hora ela ajudou, rasgou um bocado mais o pano do cacimbo e iluminou o quintal. A mandioqueira estava ali, perto, três passos só mais, mas não queria se apressar, ele gostava a técnica até ao fim, nem um barulho podia fazer, Inácia costumava dormir perto, no quarto pequeno do lado do armazém do carvão. No escuro das folhas não se via nada e e a sombra do pau era uma grande nódoa negra no chão vermelho com pouca luz. Dois passos que faltavam só e Kam'tuta adiantou, falou baixinho:

— Jacó... Jacó...

Para o lado esquerdo, no mais escuro, sentiu um mexer de esteira. Parou, assustado; não voltou ouvir-lhe, era só o medo que punha esses barulhos, tinha era o xaxualhar do vento nas folhas da mandioqueira.

— Jacó... Jacó... Olá! Jacòzinho...

Tocava-lhe já mesmo, o pássaro estava na frente dos dedos, passou com cuidado a mão a fazer festas nas penas poucas do pescoço do papagaio. Sentiu-lhe estremecer, retirar a cabeça de em baixo da asa. Agarrou-lhe com jeito falando mansinho, parecia era mesmo a Inácia:

— Jacó! Dá o pé... querido... dá...

O burro nem que mexia, satisfeito com as cócegas e o quente das palavras. Kam'tuta guardou-lhe den-

tro do casaco velho, entre o forro e a camisa, abafou-
-lhe, sorrindo contente, uma alegria a encher-lhe o
corpo. Estava agarrado esse bicho ordinário; amanhã
era só torcer o pescoço, pronto: o azar acabava de
vez na hora em que ele não falava mais. Marcha-atrás
começou recuar no mais escuro para seguir encostado nas aduelas até na porta, tinha-lhe deixado
aberta. Pôs atrás a perna aleijada, fez força, depois
recuou sem olhar, a outra perna já no ar, procurando,
com medo de tocar alguma lata, as massuícas eram
ali perto.

Mas não deu encontro com as pedras, não. Sentiu
foi em baixo do quede um redondo mole, gordo, parecia era bicho e essa forma mexeu logo num grande
barulho de esteira. Naquele silêncio o Kam'tuta ber-
rou medroso, todas as galinhas desataram a cacare-
jar, o galo, acordado, a cantar, os gansos, esses, até
pareciam malucos e o Garrido, arrastando a perna,
coxeou na porta o mais depressa que podia mesmo,
segurando com as mãos no casaco para agarrar sempre o Jacó, não ia-lhe largar naquela hora.

Mas o papagaio, com o susto dele, tinha acordado
bem, punha-lhe unhas e bicadas dentro do peito, atra-
palhava-lhe para andar. E foi perto já da cancela da
saída, o coração de Garrido gelou, ficou frio, frio
mais que o cacimbo da noite, nem vontade de fugir
corria no sangue, só as pernas eram sòzinhas e continuaram. É que em baixo da mandioqueira ele ouviu
bem a voz saliente da Inácia a rir, a falar no homem

LUUANDA

que estava lá deitado com ela, a dizer: não corre, não tem importância, eu conheço-lhe, é uma brincadeira, amanhã eu recebo o que ele veio tirar... Cheio de raiva, Kam'tuta bateu a cancela, meteu no cacimbo que estava cobrir outra vez a lua, mais grosso. No escuro, a voz de Inácia era o único sopro quente que chegava nas orelhas dele, fugindo:

— Kam'tuta, Kam'tut'é! Dorme com o Jacó... Faz-lhe um filho!

E o bicho, bem acordado e bem agarrado na mão zangada do Garrido, ainda arreganhava os insultos ele sabia só de ouvir a voz da dona:

Kam'tuta...tuta...sung'ó pé...pé...pé...

*

A sorte foi quando o Garrido chegou na esquadra, o Lomelino não estava lá na prisão, tinha saído na visita, senão ia passar luta. Mas assim, quem lhe recebeu foi mesmo o Xico Futa, o amigo de Dosreis conheceu-lhe logo que ele entrou, envergonhado, arrastando a perna devagar para disfarçar dos olhos de todos.

Porque polícia é assim: chegaram na casa da madrinha dele, nem que pediram licença nem nada, entraram e perguntaram um rapaz mulato, coxo, Garrido Fernandes, e quando ele adiantou sair no quarto, a cara cheia de sono, os olhos azuis a piscar com medo da luz da tarde, falaram logo sabiam ele tinha ido com Dosreis, um verdiano, assaltar o quintal de Ramalho da Silva e roubado um saco de patos, o Lomelino é que tinha falado tudo, não adiantava negar, melhor veste a camisa e vamos embora.

Mas Garrido lutou: com a ajuda da madrinha falou, pediu, adiantou mostrar todos os sítios da cubata para verem nada ali que era roubado; e ela jurava, nessa noite o menino tinha dormido cedo, chegara até parecia doente com febre, ela mesmo viu-lhe ir no quarto, deitar, sentiu até a tosse e tudo, como é que tinha ido num roubo de patos?

— Juro, sô chefe! Eu mesmo ainda lhe perguntei: Gágá, você precisa qualquer coisa, e ele me respondeu: não 'brigado, só que estava chatiado com a vida. Verdade mesmo! É que emprego bom não está encontrar, não lhe aceitam, com a perna...

Mas nada, polícia não se convence com as palavras: agarraram já o Garrido nas calças para não tentar se esquivar no quintal e disseram tá-andar. Que tinham uma queixa, o outro é que falou e agora era preciso mesmo lhe levarem para saber a verdade. Nessa hora Garrido ainda estragou mais. Com a mania de se salvar, contou tudo dos casos do roubo do papagaio, saiu embora no quarto, trouxe o cesto onde estava o bicho fechado esperando a hora o mulato ia lhe torcer o pescoço, deitar na lixeira.

LUUANDA

— Ah, sim!? Seu rosqueiro! Vamos embora!

E adiantaram, ali mesmo na cara da madrinha, pôr-lhe uma chapada no pescoço para lhe empurrar no jipe, nem que ligaram mais nas palavras de defesa do Garrido:

— Juro, sô chefe! Por acaso a dona viu, ela mesmo disse para eu levar. É minha brincadeira só!...

Qual: coração de polícia é de pedra e lhe trouxeram mesmo, até contentes porque se a queixa era um falso, já tinham um caso para justificar.

Foi assim que o Garrido contou no Xico Futa, o homem tinha-lhe dado encontro logo-logo na hora que o mulato sentou no chão, desanimado, com a vontade de chorar, de pelejar com o Dosreis, uma coisa assim ele não queria aceitar o outro ia poder fazer, pôr um falso. Ainda se era verdade, aceitava; mas assim doía. E desatou lhe insultar logo. Xico Futa quis falar era amigo do Lomelino e que sabia os casos; o Garrido não queria lhe responder, mandou-lhe embora, deixassem-lhe sòzinho com a raiva dele e esse cap'verde quando ia voltar ia ver só se podia-se fazer pouco as pessoas assim. Mas Xico Futa não desistia nunca quando queria ajudar uma pessoa e esse miúdo do Garrido fazia-lhe pena.

— Oiça então! Com a raiva não resolve. Se você lhe ataca quando ele vem, não adianta. Primeiro: o

Lomelino aguenta, pode pelejar. Depois: o cipaio põe--te uma carga de porrada de chicotes. E a razão, qual é?

— Me deixa 'mbora! Eu é que sei a minha vida! Luto, juro que luto! Um fidamãe daqueles falar eu roubei os patos?

— Oiça então! Um engano pode ser, sucede. Só você é que sabia o assunto ia se passar. Pensa isso, Garrido. O Dosreis ficou com a raiva, julgou você é que tinha lhe queixado porque te deixaram...

Kam'tuta queria se levantar, os olhos azuis a brilhar, maus.

— É isso mesmo! É isso eu não admito. Não é mais o falso, não senhor. Agora, uma pessoa me conhece de monandengue, pode pensar isso de mim? Pode? Diz então? Pode?

Bem, Xico Futa tinha de concordar era verdade, o Garrido estava com a razão dele; mas também quando prenderam no Lomelino era de noite, chegou passou logo maca com o Zuzé, era preciso ver bem os casos, não pensar só assim o interesse dele. E até que não ia suceder nada porque Dosreis já tinha lhe falado ia dizer na justiça que as queixas que estava a pôr no Garrido eram um falso, tudo ficava bem outra vez, passa dois-três dias aqui, mandam-lhe embora.

LUUANDA

— Anh!... Cadavez pode ter razão, por acaso, nesses casos. Mas não esquece o papagaio! E isso mesmo é o pior, sô Futa. O pior de tudo! Não é porque roubei o bicho, não. Por acaso não me interessa se fico semana, se fico mês, na cadeia. Mas não lhe matei! E eu roubei-lhe para torcer no pescoço daquele sacana!

Calou, ficou pensar sòzinho. Xico Futa acendeu um cigarro, deu para ele, mas Garrido não quis aceitar, só pensava era isso, se calhar, nessa hora, a Inácia já tinha ido na madrinha para receber o papagaio, ia vir na polícia para adiantar pôr queixa, lhe darem embora o bicho. Quando ia sair tudo estava na mesma: o Jacó no pau para lhe xingar, fazer pouco; a Inácia a pôr beijo, a dar confiança num bicho mal-educado; e, pior mesmo, o Lomelino e o João Miguel não iam lhe aceitar mais no grupo. Mas a culpa era mais do Lóló, quem mandou-lhe pôr falso que ele tinha ido no capiango dos patos?

— Juro! Luto com ele! Deixa só, quando ele vai voltar!

A tarde estava na janela só com um bocado de luz do sol de cacimbo. Nas tarimbas e no chão, preso era muito; uns dormiam de olho fechado, para descansar; outros de olho aberto, a pensar à toa. Nos cantos, alguns reunidos falavam em voz baixa, trocando casos, a vida de todos os dias. Xico Futa estendeu as compridas pernas pelo chão, acendeu outro cigarro, insistiu para Garrido. Desta vez o mulato aceitou, começou fumar. No lado dele, Futa desatou a rir, primeiro devagar, sacudido, a querer não deixar sair; depois, uma grande e branca gargalhada até as lágrimas chegarem nos olhos dele, o fumo do cigarro ajudava.

— 'tá rir de quê, então?

— Nada... nada...

Mentira dele. Ria porque estava ver a figura assim do Garrido Kam'tuta perdido no meio do cacimbo e da noite escura, avançando corajoso só para roubar um papagaio. Mirou-lhe bem na cara dele magra e sem barba, sentiu uma grande pena. Falou:

— Possa, mano Garrido! Você não teve mais medo de ir assim sòzinho, para tirar o papagaio? Se é uma coisa que vale, a gente arrisca. Agora um bicho que não presta para nada...

A voz de Chico Futa era boa como de Lomelino quando queria ser seu pai, ou João Miguel lhe falava de igual os casos da vida e punha perguntas para o Garrido dizer as ideias certas dele. Riu no Xico e ficou um bocado vaidoso daquele gabanço posto assim por um homem forte. Verdade que nem tinha pensado naquela hora que decidiu, era só a raiva do papagaio que lhe fazia andar.

LUUANDA

— Deixa! Eu penso eu fui só porque conhecia-lhe bem, na casa e no quintal...

Diminuía de propósito, para ouvir o outro continuar gabar-lhe a coragem. O melhor era ainda se Dosreis e João ouvissem-lhe para não continuarem a mania de não lhe levar nos serviços, deitar-lhe fora, parecia era lixo. Mas Xico Futa estava já voltar noutros casos:

— Oiça então. Já passou a raiva no Lomelino?

Garrido queria mesmo dizer não, esperava-lhe para lutar, mas a boca não aceitava, se falasse era pôr mentira. Xico Futa tinha estragado tudo dentro dele com as palavras, o cigarro e a amizade, e só resmungar é que conseguiu:

— Oh! Me deixa 'mbora!

— Não é, Garrido. Oiça! É que o Lomelino vai vir já, está só ali na visita... e eu não quero vocês vão-se insultar. Prometes?

— Não, possa! Não posso...

Era mentira dele e viu-se logo. Na hora que o Zuzé abriu a porta para meter o Dosreis, o Garrido nem que levantou nem nada. Quem pôs um salto e ficou de pé foi o Xico, preparado para agarrar cada qual se quisessem lutar. Mas o Lomelino ficou banzado, o pacote das coisas de comer encostado no peito, a roupa na outra mão, só piscava os olhos gastos, espiava a cabeça caída do rapaz, os cabelos curtos, quase louros, os ombros abaixados com falta de vontade e não podia se mexer dali. Procurou os olhos de Xico, mas Futa fingiu estava espreitar o sol que adiantava entrar na janela grande. Sòzinho, sem uns olhos nos olhos dele, sem uma palavra para ele, Dosreis sentiu a verdade da queixa, mesmo que lhe negara depois, não fazia nada: o Garrido estava ali preso também e ele é que era o bufo. Soletrou:

— Garrido?!...

Kam'tuta mostrou os olhos azuis, nessa hora estavam pequenos e frios, pareciam gelados.

— Você... estás zangado comigo?

Nem uma palavra; nada. Só os olhos bem colocados na cara dele, admirados, até parecia o rapaz nunca tinha-lhe visto, ele era um de fora, um qualquer. Sentiu doer na barriga com esse olhar espetado assim nele, não perdoava; lembrou truque, experimentou:

— Ouve, Gágá! Mília mandou um feijão para ti, ela sabe você gosta...

Emília era a mulher do Lomelino. Sempre tratava o Kam'tuta parecia ele tinha só dez anos, gos-

LUUANDA

tava muito o ar triste do menino, gostava pôr as palavras em crioulo de cap'verde, falar as coisas da ilha dela, ele tudo queria ouvir, admirado, parecia ela estava mas é a inventar uma estória bonita, e não a falar as coisas da miséria daquela vida nas ilhas.

— Ouviste, Gágá? Emília...

Mas não valia a pena acabar. Garrido já tinha-se levantado, nos olhos essas palavras de Lóló tinham posto uma vontade de alegria e para o cap'verde não lhe ver, estava zangado não ia pôr cara de satisfeito, avançou no portão de grades, muito devagar, chupando o resto do cigarro. Lomelino fez gesto de ir atrás, mas Xico Futa agarrou-lhe no braço, puxando-lhe:

— Deixa, compadre! Deixa a zanga dele sair sòzinha...

Sentaram na tarimba do fundo, lugar de Xico e começaram desamarrar o embrulho das coisas: panela de feijão d'azeite-palma, farinha, peixe frito, banana, pão. Comida de gente de musseque. A panela estava quente ainda, mas muito tempo que tinha se passado desde a saída de nga Mília na casa dela, longe, longe. Xico Futa começou logo comer, pôs o peixe no pão, roía-lhe com os dentes fortes. Mas Dosreis não podia: olhava na comida, a cabeça abaixada, a vergonha que estava sentir quando entrou e viu os olhos do Garrido, era mais grande nessa hora com a comida de Mília na frente. Agarrou na mão de Xico, pediu:

— Chama-lhe, mano Xico!...

Futa sorriu:

— Ó Garrido! Vem 'mbora comer, estamos à espera!

Encostado nas grades, mirando o corredor com os olhos vazios, Kam'tuta tremeu. O cuspo nasceu na boca, pensou o feijão amarelo a brilhar na panela, a farinha a misturar e a fome fez fugir a cabeça dos pensamentos antigos. Mas não se virou. No coração estava ainda ferver um bocado da raiva da queixa, mesmo que tinha visto bem aquela cara de arrependido e triste do Lomelino quando entrou, não ia comer com um bufo.

Cuspiu no corredor, resmungou palavras ele mesmo não sabia mais o que eram e quis meter-se outra vez dentro dos pensamentos dele. Custava, só o feijão estava agora a encher a cabeça, os casos que adiantara pensar naquela hora fugiam, essas manias que o nome dele ia sair no jornal, notícia de roubo de papagaio Jacó e, cadavez mesmo, ele ia guardar só para arreganhar na Inácia, perguntar saber se já tinha nome dela no jornal, muitas vezes, quem sabe, até vinham lhe tirar fotografia para pôr lá...

Mas outra chapada de palavras apanhou-lhe. Do fundo, o verdiano Lomelino, zangado, berrava:

— Kam'tuta, hom'ê! Veja lá se vamos te pedir de joelhos. Vem comer ainda, porra!...

Garrido sorriu e com a asneira de amizade foi mesmo.

*

Minha estória. Se é bonita, se é feia, os que sabem ler é que dizem. Mas juro me contaram assim e não admito ninguém que duvida de Dosreis, que tem mulher e dois filhos e rouba patos, não lhe autorizam trabalho honrado; de Garrido Kam'tuta, aleijado de paralisia, feito pouco até por papagaio; de Inácia Domingas, pequena saliente, que está pensar criado de branco é branco — «m'bika a mundele, mundele uê»; de Zuzé, auxiliar, que não tem ordem de ser bom; de João Via-Rápida, fumador de diamba para esquecer o que sempre está lembrar; de Jacó, coitado papagaio de musseque, só lhe ensinam as asneiras e nem tem poleiro nem nada...

E isto é a verdade, mesmo que os casos nunca tenham passado.

ESTÓRIA
DA GALINHA
E DO OVO

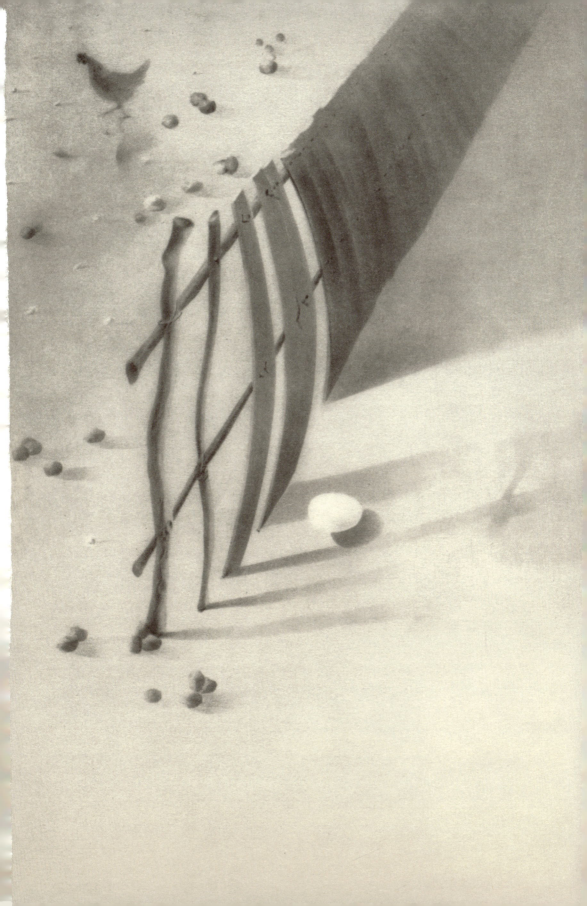

Para Amorim e sua ngoma:
sonoros corações da nossa terra.

A estória da galinha e do ovo. Estes casos passaram no musseque Sambizanga, nesta nossa terra de Luanda.

Foi na hora das quatro horas.

Assim como, às vezes, dos lados onde o sol fimba no mar, uma pequena e gorda nuvem negra aparece para correr no céu azul e, na sua corrida, começa a ficar grande, a estender braços para todos os lados, esses braços a ficarem outros braços e esses ainda outros mais finos, já não tão negros, e todo esse apressado caminhar da nuvem no céu parece os ramos de muitas folhas de uma mulemba velha, com barbas e tudo, as folhas de muitas cores, algumas secas com o colorido que o sol lhes põe e, no fim mesmo, já ninguém que sabe como nasceram, onde começaram, onde acabam essas malucas filhas da nuvem correndo sobre a cidade, largando água pesada e quente que traziam, rindo compridos e tortos relâmpagos, falando a voz grossa de seus trovões, assim, nessa tarde calma, começou a confusão.

LUUANDA

Sô Zé da quitanda tinha visto passar nga Zefa rebocando miúdo Beto e avisando para não adiantar falar mentira, senão ia-lhe pôr mesmo jindungo na língua. Mas o monandengue refilava, repetia:

— Juro, sangue de Cristo! Vi-lhe bem, mamã, é a Cabíri!...

Falava verdade como todas as vizinhas viram bem, uma gorda galinha de pequenas penas brancas e pretas, mirando toda a gente, desconfiada, debaixo do cesto ao contrário onde estava presa. Era essa a razão dos insultos que nga Zefa tinha posto em Bina, chamando-lhe ladrona, feiticeira, queria lhe roubar ainda a galinha e mesmo que a barriga da vizinha já se via, com o mona lá dentro, adiantaram pelejar.

Miúdo Xico é que descobriu, andava na brincadeira com Beto, seu mais-novo, fazendo essas partidas vavô Petelu tinha-lhes ensinado, de imitar as falas dos animais e baralhar-lhes e quando vieram no quintal de mamã Bina pararam admirados. A senhora não tinha criação, como é ouvia-se a voz dela, pi, pi, pi, chamar galinha, o barulho do milho a cair no chão varrido? Mas Beto lembrou os casos já antigos, as palavras da mãe queixando no pai quando, sete horas, estava voltar do serviço:

— Rebento-lhe as fuças, João! Está ensinar a galinha a pôr lá!

LUUANDA

Miguel João desculpava sempre, dizia a senhora andava assim de barriga, você sabe, às vezes é só essas manias as mulheres têm, não adianta fazer confusão, se a galinha volta sempre na nossa capoeira e os ovos você é que apanha... Mas nga Zefa não ficava satisfeita. Arreganhava o homem era um mole e jurava se a atrevida tocava na galinha ia passar luta.

— Deixa, Zefa, pópilas! — apaziguava Miguel. — A senhora está concebida então, homem dela preso e você ainda quer pelejar? Não tens razão!

Por isso, todos os dias, Zefa vigiava embora sua galinha, via-lhe avançar pela areia, ciscando, esgaravatando a procurar os bichos de comer, mas, no fim, o caminho era sempre o mesmo, parecia tinha-lhe posto feitiço: no meio de duas aduelas caídas, a Cabíri entrava no quintal da vizinha e Zefa via-lhe lá debicando, satisfeita, na sombra das frescas mandioqueiras, muitas vezes Bina até dava-lhe milho ou massambala. Zefa só via os bagos cair no chão e a galinha primeiro a olhar, banzada, na porta da cubata onde estava sair essa comida; depois começava apanhar, grão a grão, sem depressa, parecia sabia mesmo não tinha mais bicho ali no quintal para disputar os milhos com ela. Isso nga Zefa não refilava. Mesmo que no coração tinha medo, a galinha ia se habituar lá, pensava o bicho comia bem e, afinal, o ovo vinha--lhe pôr de manhã na capoeira pequena do fundo do quintal dela...

153

LUUANDA

Mas, nessa tarde, o azar saiu. Durante toda a manhã, Cabíri andou a passear no quintal, na rua, na sombra, no sol, bico aberto, sacudindo a cabeça ora num lado ora noutro, cantando pequeno na garganta, mas não pôs o ovo dela. Parecia estava ainda procurar melhor sítio. Nga Zefa abriu a porta da capoeira, arranjou o ninho com jeito, foi mesmo pôr lá outro ovo, mas nada. A galinha queria lhe fazer pouco, os olhos dela, pequenos e amarelos, xucululavam na dona, a garganta do bicho cantava, dizendo:

... ngala ngó ku kakela
ká... ká... ká... kakela, kakela...

E assim, quando miúdo Beto veio lhe chamar e falou a Cabíri estava presa debaixo dum cesto na cubata de nga Bina e ele e Xico viram a senhora mesmo dar milho, nga Zefa já sabia: a sacrista da galinha tinha posto o ovo no quintal da vizinha. Saiu, o corpo magro curvado, a raiva que andava guardar muito tempo a trepar na língua, e sô Zé da quitanda ficou na porta a espiar, via-se bem a zanga na cara da mulher.

Passou luta de arranhar, segurar cabelos, insultos de ladrona, cabra, feiticeira. Xico e Beto esquivaram num canto e só quando as vizinhas desapartaram é que saíram. A Cabíri estava tapada pelo cesto grande mas lhe deixava ver parecia era um preso no meio das grades. Olhava todas as pessoas ali juntas a falar, os olhos pequenos, redondos e quietos, o bico já fechado. Perto dela, em cima de capim posto de propósito, um bonito ovo branco brilhava parecia ainda estava quente, metia raiva em nga Zefa. A discussão não parava mais. As vizinhas tinham separado as lutadoras e, agora, no meio da roda das pessoas que Xico e Beto, teimosos e curiosos, queriam furar, discutiam os casos.

Nga Zefa, as mãos na cintura, estendia o corpo magro, cheio de ossos, os olhos brilhavam assanhados, para falar:

— Você pensa eu não te conheço, Bina? Pensas? Com essa cara assim, pareces és uma sonsa, mas a gente sabe!... Ladrona é o que você é!

A vizinha, nova e gorda, esfregava a mão larga na barriga inchada, a cara abria num sorriso, dizia, calma, nas outras:

— Ai, vejam só! Está-me disparatar ainda! Vieste na minha casa, entraste no meu quintal, quiseste pelejar mesmo! Sukuama! Não tens respeito, então, assim com a barriga, nada?!

— Não vem com essas partes, Bina! Escusas! Querias me roubar a Cabíri e o ovo dela!

— Ih?! Te roubar a Cabíri e o ovo!? Ovo é meu!

LUUANDA

Zefa saltou na frente, espetou-lhe o dedo na cara:

— Ovo teu, tuji! A minha galinha é que lhe pôs!

— Pois é, mas pôs-lhe no meu quintal!

Passou um murmúrio de aprovação e desaprovação das vizinhas, toda a gente falou ao mesmo tempo, só velha Bebeca adiantou puxar Zefa no braço, falou sua sabedoria:

— Calma então! A cabeça fala, o coração ouve! Praquê então, se insultar assim? Todas que estão falar no mesmo tempo, ninguém que percebe mesmo. Fala cada qual, a gente vê quem tem a razão dela. Somos pessoas, sukua', não somos bichos!

Uma aprovação baixinho reforçou as palavras de vavó e toda a gente ficou esperar. Nga Zefa sentiu a zanga estava-lhe fugir, via a cara das amigas à espera, a barriga saliente de Bina e, para ganhar coragem, chamou o filho:

— Beto, vem ainda!

Depois, desculpando, virou outra vez nas pessoas e falou, atrapalhada:

— É que o monandengue viu...

Devagar, parecia tinha receio das palavras, a mulher de Miguel João falou que muito tempo já estava ver a galinha entrar todos os dias no quintal da outra, já sabia essa confusão ia passar, via bem a vizinha a dar comida na Cabíri para lhe cambular. E, nesse dia — o mona viu mesmo e Xico também —, essa ladrona tinha agarrado a galinha com a mania de dar-lhe milho, pôs-lhe debaixo do cesto para adiantar receber o ovo. A Cabíri era dela, toda a gente sabia e até Bina não negava, o ovo quem lhe pôs foi a Cabíri, portanto o ovo era dela também.

Umas vizinhas abanaram a cabeça que sim, outras que não, uma menina começou ainda a falar no Beto e no Xico, a pôr perguntas, mas vavó mandou-lhes calar a boca.

— Fala então tua conversa, Bina! — disse a velha na rapariga grávida.

— Sukuama! O que é eu preciso dizer mais, vavó? Toda a gente já ouviu mesmo a verdade. Galinha é de Zefa, não lhe quero. Mas então a galinha dela vem no meu quintal, come meu milho, debica minhas mandioqueiras, dorme na minha sombra, depois põe o ovo aí e o ovo é dela? Sukua'! O ovo foi o meu milho que lhe fez, pópilas! Se não era eu dar mesmo a comida, a pobre nem que tinha força de cantar... Agora ovo é meu, ovo é meu! No olho!...

Virou-lhe o mataco, pôs uma chapada e com o indicador puxou depois a pálpebra do olho esquerdo, rindo, malandra, para a vizinha que já estava outra vez no meio da roda para mostrar a galinha assustada atrás das grades do cesto velho.

— Vejam só! A galinha é minha, a ladrona mesmo é que disse. Capim está ali, ovo ali. Apalpem-lhe! Apalpem-lhe! Está mesmo quente ainda! E está dizer o ovo é dela! Makutu! Galinha é minha, ovo é meu!

Novamente as pessoas falaram cada qual sua opinião, fazendo um pequeno barulho que se misturava no xaxualhar das mandioqueiras e fazia Cabíri, cada vez mais assustada, levantar e baixar a cabeça, rodando-lhe, aos saltos, na esquerda e direita, querendo perceber, mirando as mulheres. Mas ninguém que lhe ligava. Ficou, então, olhar Beto e Xico, meninos amigos de todos os bichos e conhecedores das vozes e verdades deles. Estavam olhar o cesto e pensavam a pobre queria sair, passear embora e ninguém que lhe soltava mais, com a confusão. Nga Bina, agora com voz e olhos de meter pena, lamentava:

— Pois é, minhas amigas! Eu é que sou a sonsa! E ela que estava ver todos os dias eu dava milho na galinha, dava massambala, nada que ela falava, deixava só, nem obrigado... Isso não conta? Pois é! Querias!? A galinha gorda com o meu milho e o ovo você é que lhe comia?!...

Vavó interrompeu-lhe, virou nas outras mulheres — só mulheres e monas é que tinha, nessa hora os homens estavam no serviço deles, só mesmo os vadios e os chulos estavam dormir nas cubatas — e falou:

— Mas então, Bina, você queria mesmo a galinha ia te pôr um ovo?

A rapariga sorriu, olhou a dona da galinha, viu as caras, umas amigas outras caladas com os pensamentos e desculpou:

— Pópilas! Muitas de vocês que tiveram vossas barrigas já. Vavó sabe mesmo, quando chega essa vontade de comer uma coisa, nada que a gente pode fazer. O mona na barriga anda reclamar ovo. Que é eu podia fazer, me digam só?!

— Mas ovo não é teu! A galinha é minha, ovo é meu! Pedias! Se eu quero dou, se eu quero não dou!

Nga Zefa estava outra vez raivosa. Essas vozes mansas e quietas de Bina falando os casos do mona na barriga, desejos de gravidez, estavam atacar o coração das pessoas, sentia se ela ia continuar falar com aqueles olhos de sonsa, a mão a esfregar sempre a barriga redonda debaixo do vestido, derrotava--lhe, as pessoas iam mesmo ter pena, desculpar essa fome de ovo que ela não tinha a culpa... Virou-se para vavó, a velha chupava sua cigarrilha dentro da boca, soprava o fumo e cuspia.

—Então, vavó?!... Fala então, a senhora é que é nossa mais-velha...

Toda a gente calada, os olhos parados na cara cheia de riscos e sabedoria da senhora. Só Beto e Xico, abaixados junto do cesto, conversavam com a galinha, miravam suas pequenas penas assustadas a tremer com o vento, os olhos redondos a verem os sorrisos amigos dos meninos. Puxando o pano em cima do ombro, velha Bebeca começou:

— Minhas amigas, a cobra enrolou no muringue! Se pego o muringue, cobra morde; se mato a cobra, o muringue parte!... Você, Zefa, tem razão: galinha é sua, ovo da barriga dela é seu! Mas Bina também tem razão dela: ovo foi posto no quintal dela, galinha comia milho dela... O melhor perguntamos ainda no sô Zé... Ele é branco!...

Sô Zé, dono da quitanda, zarolho e magro, estava chegar chamado pela confusão. Nessa hora, a loja ficava vazia, fregueses não tinha, podia-lhe deixar assim sòzinha.

— Sô Zé! O senhor, faz favor, ouve ainda estes casos e depois ponha sua opinião. Esta minha amiga...

Mas toda a gente adiantou interromper vavó. Não senhor, quem devia pôr os casos era cada qual, assim ninguém que ia falar depois a velha tinha feito batota, falando melhor um caso que outro. Sô Zé concordou. Veio mais junto das reclamantes e com seu bonito olho azul bem na cara de Zefa, perguntou:

— Então, como é que passou?

Nga Zefa começou contar, mas, no fim, já ia esquivar o caso de espreitar o milho que a vizinha dava todos os dias, e vavó acrescentou:

— Fala ainda que você via-lhe todos os dias pôr milho para a Cabíri!

— Verdade! Esqueci. Juro não fiz de propósito...

Sô Zé, paciente, as costas quase marrecas, pôs então um sorriso e pegou Bina no braço.

— Pronto! Já sei tudo. Tu dizes que a galinha pôs no teu quintal, que o milho que ela comeu é teu e, portanto, queres o ovo. Não é?

Com essas palavras assim amigas, de sô Zé, a mulher nova começou a rir; sentia já o ovo ia ser dela, era só furar-lhe, dois buracos pequenos, chupar, chupar e depois lamber os beiços mesmo na cara da derrotada. Mas quando olhou-lhe outra vez, sô Zé já estava sério, a cara dele era aquela máscara cheia de riscos e buracos feios onde só o olho azul bonito brilhava lá no fundo. Parecia estava atrás do balcão mirando com esse olho os pratos da balança quando pesava, as medidas quando media, para pesar menos, para medir menos.

LUUANDA

— Ouve lá! — falou em nga Bina, e a cara dela apagou logo-logo o riso, ficou séria, só a mão continuava fazer festas na barriga. — Esse milho que deste na Cabíri... é daquele que te vendi ontem?

— Isso mesmo, sô Zé! Ainda bem, o senhor sabe...

— Ah, sim!? O milho que te fiei ontem? E dizes que o ovo é teu? Não tens vergonha?...

Pôs a mão magra no ombro de vavó e, com riso mau, a fazer pouco, falou devagar:

— Dona Bebeca, o ovo é meu! Diga-lhes para me darem o ovo. O milho ainda não foi pago!...

Um grande barulho saiu nestas palavras, ameaças mesmo, as mulheres rodearam o dono da quitanda, insultando, pondo empurrões no corpo magro e torto, enxotando-lhe outra vez na casa dele.

— Vai 'mbora, güeta da tuji!

— Possa! Este homem é ladrão. Vejam só!

Zefa gritou-lhe quando ele entrou outra vez na loja, a rir, satisfeito:

— Sukuama! Já viram? Não chega o que você roubaste no peso, não é, güeta camuelo?!

LUUANDA

Mas os casos não estavam resolvidos.

Quando parou o riso e as falas dessa confusão com o branco, nga Zefa e nga Bina ficaram olhar em vavó, esperando a velha para resolver. O sol descia no seu caminho do mar de Belas e o vento, que costuma vir no fim da tarde, já tinha começado a chegar. Beto e Xico voltaram para junto do cesto e deixaram-se ficar ali a mirar outra vez a galinha Cabíri. O bicho tinha-se assustado com todo o barulho das macas com sô Zé, mas, agora, sentindo o ventinho fresco a coçar-lhe debaixo das asas e das penas, aproveitou o silêncio e começou cantar.

— Sente, Beto! — sussurrou-se Xico. — Sente só a cantiga dela!

E desataram a rir ouvindo o canto da galinha, eles sabiam bem as palavras, velho Petelu tinha-lhes ensinado.

— Calem-se a boca, meninos. Estão rir de quê então? — a voz de vavó estava quase zangada.

— Beto, venha cá! Estás rir ainda, não é? Querem-te roubar o ovo na sua mãe e você ri, não é?

O miúdo esquivou para não lhe puxarem as orelhas ou porem chapada, mas Xico defendeu-lhe:

— Não é, vavó! É a galinha, está falar conversa dela!

LUUANDA

—Oh! Já sei os bichos falam com os malucos. E que é que está dizer?... Está dizer quem que é dono do ovo?...

—Cadavez, vavó!... Sô Petelu é que percebe bem, ele m'ensinou!

Vavó Bebeca sorriu; os seus olhos brilharam e, para afastar um pouco essa zanga que estava em todas as caras, continuou provocar o mona:

—Então, está dizer é o quê? Se calhar está falar o ovo...

Aí Beto saiu do esconderijo da mandioqueira e nem deixou Xico começar, ele é que adiantou:

—A galinha fala assim, vavó:

> *Ngëxile kua ngana Zefa*
> *Ngala ngó ku kakela*
> *Ka...ka...ka...kakela, kakela...*

E então Xico, voz dele parecia era caniço, juntou no amigo e os dois começaram cantar imitando mesmo a Cabíri, a galinha estava burra, mexendo a cabeça, ouvindo assim a sua igual a falar mas nada que via.

> *...ngëjile kua ngana Bina*
> *Ala kiá ku kuata*
> *kua...kua...kua...kuata, kuata!*

E começaram fingir eram galinhas a bicar o milho no chão, vavó é que lhes ralhou para calarem, nga Zefa veio mesmo dar berrida no Beto, e os dois amigos saíram nas corridas fora do quintal.

Mas nem um minuto que demoraram na rua. Xico veio na frente, satisfeito, dar a notícia em vavó Bebeca:

— Vavó! Azulinho vem aí!

— Chama-lhe, Xico! Não deixa ele ir embora!

Um sorriso bom pousou na cara de todos, nga Zefa e nga Bina respiraram, vavó deixou fugir alguns riscos que a preocupação do caso tinha-lhe posto na cara. A fama de Azulinho era grande no musseque, menino esperto como ele não tinha, mesmo que só de dezasseis anos não fazia mal, era a vaidade de mamã Fuxi, o sô padre do Seminário até falava ia lhe mandar estudar mais em Roma. E mesmo que os outros monas e alguns mais-velhos faziam-lhe pouco porque o rapaz era fraco e com uma bassula de brincadeira chorava, na hora de falar sério, tanto faz é latim, tanto faz é matemática, tanto faz é religião, ninguém que duvidava: Azulinho sabia. João Pedro Capita era nome dele, e Azulinho alcunhavam-lhe por causa esse fato de fardo que não largava mais, calor e cacimbo, sempre lhe vestia todo bem engomado.

Vavó chamou-lhe então e levou-lhe no meio das mulheres para saber os casos. O rapaz ouvia, piscava os olhos atrás dos óculos, puxava sempre os lados do casaco para baixo, via-se na cara dele estava ainda atrapalhado no meio de tantas mulheres, muitas eram só meninas mesmo, e a barriga inchada e redonda de nga Bina, na frente dele, fazia-lhe estender as mãos sem querer, parecia tinha medo a mulher ia lhe tocar com aquela parte do corpo.

— Veja bem, menino! Estes casos já trouxeram muita confusão, o senhor sabe, agora é que vai nos ajudar. Mamã diz tudo quanto tem, o menino sabe!...

Escondendo um riso vaidoso, João Pedro, juntando as mãos parecia já era mesmo sô padre, falou:

— Eu vos digo, senhora! A justiça é cega e tem uma espada...

Limpou a garganta a procurar as palavras e toda a gente viu a cara dele rir com as ideias estavam nascer, chegavam-lhe na cabeça, para dizer o que queria.

— Vós tentais-me com a lisonja! E, como Jesus Cristo aos escribas, eu vos digo: não me tenteis! E peço-vos que me mostrem o ovo, como Ele pediu a moeda...

Foi Beto, com sua técnica, que tirou o ovo sem assustar a Cabíri que gostava bicar quando faziam isso, cantando-lhe em voz baixa as coisas que tinha aprendido para falar nos animais. Com o ovo na mão, virando-lhe sobre a palma branca, Azulinho continuou, parecia era só para ele que estava falar, as pessoas nem estavam perceber bem o que ele falava, mas ninguém que lhe interrompia, o menino tinha fama:

— Nem a imagem de César, nem a imagem de Deus!

Levantou os olhos gastos atrás dos óculos, mirou cada vez Zefa e Bina, concluiu:

— Nem a marca da tua galinha, Zefa; nem a marca do teu milho, Bina! Não posso dar a César o que é de César, nem a Deus o que é de Deus. Só mesmo padre Júlio é que vai falar a verdade. Assim... eu levo o ovo, vavó Bebeca!

Um murmúrio de aprovação saiu do grupo, mas nga Zefa não desistiu: o ovo não ia lhe deixar voar no fim de passar tanta discussão. Saltou na frente do rapaz, tirou-lhe o ovo da mão, muxoxou:

— Sukuama! Já viram? Agora você quer levar o ovo embora no sô padre, não é? Não, não pode! Com a sua sapiência não me intrujas, mesmo que nem sei ler nem escrever, não faz mal!

Azulinho, um pouco zangado, fez gesto de despedir, curvou o corpo, levantou a mão com os dedos postos como sô padre e saiu falando sòzinho:

LUUANDA

—Pecadoras! Queriam me tentar! As mulheres são o Diabo...

Com o tempo a fugir para a noite e as pessoas a lembrar o jantar para fazer, quando os homens iam voltar do serviço não aceitavam essa desculpa da confusão da galinha, algumas mulheres saíram embora nas suas cubatas falando se calhar vavó não ia poder resolver os casos sem passar chapada outra vez. Mas nga Zefa não desistia: queria levar o ovo e a galinha. Dona Bebeca tinha-lhe recebido o ovo para guardar, muitas vezes a mulher com a raiva, ia-lhe partir ali mesmo. Só a coitada da Cabíri, cansada com isso tudo, estava deitada outra vez no ninho de capim, à espera.

Foi nessa hora que nga Mília avistou, no outro fim da rua, descendo do maximbombo, sô Vitalino.

— Aiuê, meu azar! Já vem esse homem me cobrar outra vez! João ainda não voltou no Lucala, como vou lhe pagar? Fujo! Logo-é!...

Saiu, nas escondidas, pelo buraco do quintal, tentando esquivar nos olhos do velho.

Todo aquele lado do musseque tinha medo de sô Vitalino. O homem, nos dias do fim do mês, descia do maximbombo, vinha com a bengala dele, de castão de prata, velho fato castanho, o grosso capacete caqui, receber as rendas das cubatas que tinha ali.

E nada que perdoava, mesmo que dava encontro o homem da casa deitado na esteira, comido na doença, não fazia mal: sempre arranjava um amigo dele, polícia ou administração, para ajudar correr com os infelizes. Nesse mês tinha vindo logo receber e só em nga Mília aceitou desculpa. A verdade, todos sabiam o homem dela, fogueiro do Cê-Éfe-Éle estava para Malanje, mas o velho tinha outras ideias na cabeça: gostava segurar o bonito e redondo braço cor de café com leite de Emília quando falava, babando pelos buracos dos dentes, que não precisava ter preocupação, ele sabia bem era uma mulher séria. Pedia licença, entrava na cubata para beber caneca de água fresca no muringue, pôr festas nos monas e saía sempre com a mesma conversa, nga Mília não percebia onde é o velho acabava a amizade e começava a ameaça:

— Tenha cuidado, dona Emília! A senhora está nova, essa vida de trabalho não lhe serve... Esse mês eu desculpo, volto na semana, mas pense com a cabeça: não gostava antes morar no Terra-Nova, uma casa de quintal com paus de fruta, ninguém que lhe aborrece no fim do mês com a renda?... Veja só!

Nga Emília fingia não estava ouvir, mas no coração dela a raiva só queria que seu homem estivesse aí quando o velho falasse essas porcarias escondidas, para lhe pôr umas chapadas naquele focinho de porco...

LUUANDA

Vendo o proprietário avançar pela areia arrastando os grossos sapatos, encostado na bengala, vavó Bebeca pensou tinha de salvar Emília e o melhor era mesmo agarrar o velho.

— Boa-tarde, sô Vitalino!

— Boa-tarde, dona!

— Bessá, vavô Vitalino!... — outras mulheres faziam também coro com Bebeca, para muximar.

Xico e Beto, esses, já tinham corrido e, segurando na bengala, no capacete, andavam à volta dele, pedindo sempre aquilo que nenhum mona ainda tinha recebido desse camuelo.

— Me dá 'mbora cinco tostões!

— Cinco tostões, vavô Lino! P'ra quiqüerra!

O velho parou para limpar a testa com um grande lenço vermelho que pôs outra vez no bolso do casaco, dobrando-lhe com cuidado:

— Boa-tarde, senhoras! — e os olhos dele, pequenos pareciam eram missangas, procuraram em todas as caras a cara que queria. Vavó adiantou:

— Ainda bem que o senhor veio, senhor sô Vitalino. Ponha ainda sua opinião nestes casos. Minhas amigas aqui estão discutir...

Falou devagar e ninguém que lhe interrompeu;
para sô Vitalino, dono de muitas cubatas, que vivia
sem trabalhar, os filhos estudavam até no liceu, só
mesmo vavó é que podia pôr conversa de igual. Das
outras não ia aceitar, com certeza disparatava-
-lhes.

— Quer dizer, dona Bebeca: o ovo foi posto aqui
no quintal da menina Bina, não é?

— Verdade mesmo! — sorriu-se Bina.

Tirando o capacete, sô Vitalino olhou na cara
zangada de Zefa com olhos de corvo e, segurando-lhe
no braço, falou, a fazer troça:

— Menina Zefa! A senhora sabe de quem é a
cubata onde está morar a sua vizinha Bina?

— Ih?! É do senhor.

— E sabe também sua galinha pôs um ovo no
quintal dessa minha cubata? Quem deu ordem?

— Elá! Não adianta desviar assim as conversas,
sô Vitalino...

— Cala a boca! — zangou o velho. — A cubata é
minha, ou não é?

As mulheres já estavam a ver o caminho que sô
Vitalino queria, começaram refilar, falar umas nas

outras, está claro, esse assunto para o camuelo resolver, o resultado era mesmo aquele, já se sabia. Nga
Bina ainda arreganhou-lhe chegando bem no velho,
encostando a barriga gorda parecia queria-lhe empurrar para fora do quintal.

— E eu não paguei a renda, diz lá, não paguei,
sô Vitalino?

— É verdade, minha filha, pagaste! Mas renda
não é cubata, não é quintal! Esses são sempre meus
mesmo que você paga, percebe?

As mulheres ficaram mais zangadas com essas
partes, mas Bina ainda tentou convencer:

— Vê ainda, sô Vitalino! A cubata é do senhor,
não discuto. Mas sempre que as pessoas paga renda
no fim do mês, pronto já! Fica pessoa como dono,
não é?

Velho Vitalino riu os dentes pequenos e amarelos
dele, mas não aceitou.

— Vocês têm cada uma!... Não interessa, o ovo
é meu! Foi posto na cubata que é minha! Melhor vou
chamar o meu amigo da polícia...

Toda a gente já lhe conhecia esses arreganhos e as
meninas mais-velhas uatobaram. Xico e Beto, esses,
continuaram sacudir-lhe de todos os lados para pro-

curar receber dinheiro e vavó mais nga Bina vieram mesmo empurrar-lhe na rua, metade na brincadeira, metade a sério. Vendo-lhe desaparecer a arrastar os pés pelo areal vermelho, encostado na bengala, no caminho da cubata de nga Mília, velha Bebeca avisou:

— Não perde teu tempo, sô Vitalino! Emília saiu embora na casa do amigo dela... É um rapaz da polícia! Com esse não fazes farinha!

E os risos de todas as bocas ficaram no ar dando berrida na figura torta e atrapalhada do proprietário Vitalino.

Já eram mais que cinco horas, o sol mudava sua cor branca e amarela. Começava ficar vermelho, dessa cor que pinta o céu e as nuvens e as folhas dos paus, quando vai dormir no meio do mar, deixando a noite para as estrelas e a lua. Com a saída de sô Vitalino, assim corrido e feito pouco, parecia os casos não iam se resolver mais. Nga Zefa, tão assanhada no princípio, agora mirava a Cabíri debaixo do cesto e só Bina queria convencer ainda as vizinhas ela mesmo é que tinha direito de receber o ovo.

— Mas não é? Estou pôr mentira? Digam só? Quando essas vontades atacam, temos que lhes respeitar...

Não acabou conversa dela, toda a gente olhou no sítio onde que saía uma voz de mulher a insultar.

LUUANDA

Era do outro lado do quintal, na cubata da quitata
Rosália e as vizinhas espantaram, já muito tempo
não passava confusão ali, mas parecia essa tarde
estava chamar azar, tinha feitiço. Na porta, mostrando o corpo dela já velho mas ainda bom, as
mamas gordas a espreitar no meio da combinação,
Rosália xingava, dava berrida no homem.

— Vai 'mbora, hom'é! Cinco e meia mesmo e você
dormiu toda a tarde? Pensas sou teu pai, ou quê?
Pensas? Tunda, vadio! Vai procurar serviço!

Velho Lemos nem uma palavra que falava nessa
mulher quando ela, nas horas que queria preparar
para receber os amigos — todo o musseque sabia,
parece só ele mesmo é que fingia não estava perceber
o dinheiro da comida donde vinha —, adiantava enxo-
tar-lhe fora da cubata. Sô Lemos metia as mãos nos
bolsos das calças amarrotadas e puxando sua perna
esquerda atacada de doença, gorda parecia imbondeiro, arrastava os quedes pela areia e ia procurar
pelas quitandas casos e confusões para descobrir
ainda um trabalho de ganhar para o abafado e os
cigarros.

É que a vida dele era tratar de macas. Antigamente, antes de adiantar beber e estragar a cabeça,
sô Artur Lemos trabalhava no notário. Na sua casa
podiam-se ainda encontrar grossos livros encaderna-
dos, processo penal, processo civil, boletim oficial,
tudo, parecia era casa de advogado. E as pessoas,

quando queriam, quando andavam atrapalhadas com casos na administração era sô Artur que lhes ajudava.

Ainda hoje, quando as vizinhas davam encontro com Rosália na porta, esperando os fregueses, ninguém que podia fazer pouco o homem dela. Enganava-lhe com toda a gente, às vezes chamava até os monandengues para pôr brincadeiras que os mais-velhos não aceitavam, mas na hora de xingarem-lhe o marido ela ficava parecia era gato assanhado.

— Homem como ele, vocês não encontram! Têm mas é raiva! É verdade o corpo está podre, não serve. Mas a cabeça é boa, a sabedoria dele ninguém que tem!

E é mesmo verdade que não autorizava mexer nos livros arrumados na prateleira, cheios de pó e teias de aranha, e, sempre vaidosa, lhes mostrava:

— Vejam, vejam! Tudo na cabeça dele! E os vossos homens? Na cama sabem, mas na cabeça é tuji só!...

Ria-se, justificava, encolhia os ombros:

— P'ra cama a gente arranja sempre. E ainda pagam! Agora com a cabeça dele... Tomara!

As vizinhas gozavam, falavam essas palavras ele é que tinha ensinado para não lhe fazerem pouco de corno, mas Rosália não ligava. Nem mesmo quando os monas, aborrecidos de todas as brincadeiras, saíam atrás do homem dela, xingando sua alcunha.

— Vintecinco linhas! Vintecinco linhas!...

Porque era a palavra de feitiço, em todos os casos sô Lemos falava logo:

— Fazemos um vintecinco linhas, é caso arrumado!

E se adiantava receber dinheiro para o papel, muitas vezes ia-lhe beber com Francesinho, Quirino, Kutatuji e outros vagabundos como eles, nalguma quitanda mais para São Paulo.

Pois nessa hora, quando vavó já estava para desistir, é que viram mesmo sô Artur Lemos e correram a lhe chamar: o homem, com sua experiência de macas, ia talvez resolver o assunto. Avisando Beto e Xico para não adiantarem xingar o velho, vavó, com ajuda das interessadas, expôs os casos.

Parecia uma vida nova entrava no corpo estragado do antigo ajudante de notário. O peito respirava mais direito, os olhos não lacrimejavam tanto e, quando mexia, até a perna nada que coxeava. Abriu os braços, começou empurrar as pessoas: tu para aqui, tu para ali, fica quieto e, no fim, com vavó

Bebeca na frente dele, pondo Bina na esquerda e nga Zefa na direita, coçou o nariz, começou:

— Pelos vistos, e ouvida a relatora e as partes, trata-se de litígio de propriedade com bases consuetudinárias...

As mulheres olharam-se, espantadas, mas ninguém que disse nada; Vintecinco linhas continuou, falando para nga Zefa:

— Diz a senhora que a galinha é sua?

— Sim, sô Lemos.

— Tem título de propriedade?

— Ih? Tem é o quê?

— Título, dona! Título de propriedade! Recibo que prova que a galinha é sua!

Nga Zefa riu:

— Sukuama! Ninguém no musseque que não sabe a Cabíri é minha, sô Lemos. Recibo de quê então?

— De compra, mulher! Para provarmos primeiro que a galinha é tua!

LUUANDA

— Possa! Esse homem... Compra?! Então a galinha me nasceu-me doutra galinha, no meu quintal, como é vou ter recibo?

Sem paciência, sô Lemos fez sinal para ela se calar e resmungou à toa:

— Pois é! Como é que as pessoas querem fazer uso da justiça, se nem arranjam os documentos que precisam?

Coçando outra vez o nariz, olhou para nga Bina que sorria, satisfeita com essas partes do velho, e perguntou:

— E a senhora, pode mostrar o recibo do milho? Não? Então como é eu vou dizer quem tem razão? Como? Sem documentos, sem provas nem nada? Bem...

Olhou direito na cara das pessoas todas, virou os olhos para Beto e Xico abaixados junto do cesto da galinha e recebeu o ovo de vavó Bebeca.

— A senhora, dona Bina, vamos pôr queixa contra sua vizinha, por intromissão na propriedade alheia com alienação de partes da mesma... isto é: o milho!

Nga Bina abriu a boca para falar, mas ele continuou:

178

— Quanto à senhora, dona Zefa, requerimentare-
mos sua vizinha por tentativa de furto e usufruto
do furto!... Preciso cinco escudos cada uma para
papel!

Uma grande gargalhada tapou-lhe as últimas
palavras e, no fim do riso, vavó quis lhe arrancar a
resposta:

— Mas, sô Lemos, diz então! Quem é que tem a
razão?

— Não sei, dona! Sem processo para julgar não
pode-se saber a justiça, senhora! Fazemos os reque-
rimentos...

Toda a gente continuou rir e Beto e Xico aprovei-
taram logo para começar fazer pouco. Derrotado
pelo riso, vendo que não ia conseguir esse dinheiro
para beber com os amigos, sô Lemos, empurrado
por vavó quase a chorar com as gargalhadas, tentou
a última parte:

— Oiçam ainda! Eu levo o ovo, levo-lhe no juiz
meu amigo e ele fala a sentença...

— O ovo, no olho! — gritou-lhe, zangada, nga
Zefa. O tempo tinha passado, conversa, conversa e
nada que resolveram e, com essas brincadeiras assim,
muitas vezes a saliente da Bina ia lhe chupar o ovo.

Da rua ainda se ouvia a voz rouca de sô Lemos zunindo pedradas em Beto e Xico que não tinham-lhe largado com as piadas. Levantando o punho fraco, o velho insultava-lhes:

— Maliducados! Vagabundos! Delinquentes!

Depois, parando e enchendo o peito de ar, atirou a palavra que lhe dançava na cabeça, essa palavra que estava nos jornais que lia:

— Seus ganjésteres!

E, feliz com esse insulto, saiu pelos tortos caminhos do musseque, rebocando a perna inchada.

Quando as vizinhas viram que nem sô Lemos sabia resolver os casos, e ao sentirem o vento mais fresco que soprava e o sol, mais perto do mar, lá para longe para trás da Cidade Alta, começaram falar o melhor era esperar os homens quando voltassem no serviço, para resolver. Nga Bina não aceitou:

— Pois é! Mas o meu homem está na esquadra, e quem vai me defender?

Mas nga Zefa é que estava mesmo furiosa: sacudindo velha Bebeca do caminho, avançou arreganhadora para o cesto, adiantar agarrar a galinha. E aí começou outra vez a luta. Bina pegou-lhe no vestido que rasgou logo no ombro; Zefa deu-lhe com uma chapada, agarraram-se, pondo socos e insultos.

— Sua ladrona! Cabra, queres o meu ovo!

— Aiuê, acudam! A bater numa grávida então!...

A confusão cresceu, ficou quente, as mulheres cada qual a tentar desapartar e as reclamantes a quererem ainda pôr pontapés, Beto e Xico a rir, no canto do quintal para onde tinham rebocado a Cabíri que, cada vez mais banzada, levantava o pescoço, mexia a cabeça sem perceber nada e só os miúdos é que percebiam o ké, ké, ké dela. No meio da luta já ninguém que sabia quem estava segurar, parecia a peleja era mesmo de toda a gente, só se ouviam gritos, lamentos, asneiras, tudo misturado com o cantar da galinha assustada, os risos dos monandengues, o vento nas folhas das mandioqueiras e aquele barulho que o musseque começa a crescer quando a noite avança e as pessoas de trabalhar na Baixa voltam nas suas cubatas. Por isso ninguém que deu conta a chegada da patrulha.

Só mesmo quando o sargento começou aos socos nas costas é que tudo calou e começaram ainda arranjar os panos, os lenços da cabeça, coçar os sítios das pancadas. Os dois soldados tinham também entrado atrás do chefe deles, sem licença nem nada, e agora, um de cada lado do grupo, mostravam os cassetetes brancos, ameaçando e rindo. Mas o sargento, um homem gordo e baixo todo suado, tinha tirado o capacete de aço e arreganhava:

LUUANDA

— Bando de vacas! Que raio de coisa é esta? Eh!? O que é que sucedeu?

Ninguém que respondeu, só alguns muxoxos. Vavó Bebeca avançou um passo.

— Não ouvem, zaragateiras? O que é isto aqui? Uma reunião?

— Ih?! Reunião de quê então? — vavó, zangada, refilava.

— Vamos, canta lá, avòzinha! Porque é que estavam à porrada? Depressa, senão levo tudo para a polícia!

Vavó viu nos olhos do soldado o homem estava falar verdade e, então, procurou ajuda nas outras pessoas. Mas as caras de todas não diziam nada, estavam olhar no chão, o ar, o canto onde Beto e Xico não tinham saído com o cesto, os dois soldados rodeando todo o grupo. No fim, olhando o homem gordo, falou devagar, a explorar ainda:

— Sabe! O senhor soldado vai-nos desculpar...

— Soldado, uma merda! Sargento!

— Ih?! E sargento não é soldado?...

— Deixa-te de coisas, chiça! Estou quase a perder a paciência. Que raio de chinfrim é este?

Vavó contou, procurando em Zefa e Bina cada vez que falava para ver a aprovação das suas palavras, toda a confusão da galinha e do ovo e porquê estavam pelejar. O sargento, mais risonho, olhava também a cara das mulheres para descobrir a verdade daquilo tudo, desconfiado que o queriam enganar.

— E os vossos homens onde estão?

Foi nga Bina quem respondeu primeiro, falando o homem dela estava na esquadra e ela queria o ovo, assim grávida estava-lhe apetecer muito. Mas o sargento nem lhe ligou; abanava a cabeça, depois disse entredentes:

—Na polícia, hein? Se calhar é terrorista... E a galinha?

Todas as cabeças viraram para o canto, nas mandioqueiras, onde os meninos, abaixados à volta do cesto, guardavam a Cabíri. Mas nem com os protestos de nga Zefa e o refilanço das outras amigas, o soldado aceitou: foi lá e, metendo a mão debaixo do cesto, agarrou a galinha pelas asas, trazendo-lhe assim para entregar ao sargento. A Cabíri nem piava, só os olhos dela, maiores com o medo, olhavam os amigos Beto e Xico, tristes no canto. O sargento agarrou-lhe também pelas asas e encostou o bicho à barriga gorda. Cuspiu e, diante da espera de toda a gente — nga Zefa sentia o coração bater parecia ngoma, Bina rindo para dentro —, falou:

— Como vocês não chegaram a nenhuma conclusão sobre a galinha e o ovo, eu resolvo...

Riu, os olhos pequenos quase desapareceram no meio da gordura das bochechas dele e piscando-lhes para os ajudantes, arreganhou:

— Vocês estavam a alterar a ordem pública, neste quintal, desordeiras! Estavam reunidas mais de duas pessoas, isso é proibido! E, além do mais, com essa mania de julgarem os vossos casos, tentavam subtrair a justiça aos tribunais competentes! A galinha vai comigo, apreendida, e vocês toca a dispersar! Vamos! Circulem, circulem para casa!

Os soldados, ajudando, começaram a girar os cassetetes brancos em cima da cabeça. Muitas que fugiram logo, mas nga Zefa era rija, acostumada a lutar sempre, e não ia deixar a galinha dela ir assim para churrasco do soldado, como esses homens da patrulha queriam. Agarrou-se no sargento, queria segurar a galinha, mas o homem empurrou-lhe, levantando o bicho alto, por cima da cabeça, onde a Cabíri, assustada, começou piar, sacudir o corpo gordo, arranhando o braço do soldado com as unhas.

— Ei, ei, ei! Mulherzinha, calma! Senão ainda te levo presa, vais ver! 'tá quieta!

Mas, nessa hora, enquanto nga Zefa tentava tirar a galinha das mãos do gordo sargento, debaixo do olhar gozão de vavó Bebeca, nga Bina e outras que tinham ficado ainda, é que sucedeu aquilo que parecia feitiço e baralhou toda a gente enquanto não descobriram a verdade.

Quando o soldado foi tirar a galinha debaixo do cesto, Beto e Xico miraram-se calados. E se as pessoas tivessem dado atenção nesse olhar tinham visto logo nem os soldados que podiam assustar ou derrotar os meninos de musseque. Beto falou na orelha de Xico:

— É isso, Xico! Esses gajos não vão levar a Cabíri assim à toa! Temos de lhes atacar com a nossa técnica!...

— Vamos, Beto! Com depressa!

— Não, você ficas! P'ra disfarçar...

E Beto, parecia era gato, passou o corpo magro no buraco das aduelas desaparecendo, nas corridas, por detrás da quitanda. Xico esticou as orelhas com atenção esperando mesmo esse sinal que ia salvar a Cabíri. E foi isso que as pessoas, banzadas, ouviram quando o sargento queria ainda esquivar a galinha dos braços compridos e magros de nga Zefa.

Só eram mesmo cinco e meia quase, o sol ainda brilhava muito e a noite vinha longe. Ainda se estivesse fresco, mas não: o calor era pesado e gordo em cima do musseque. Como é um galo tinha-se posto assim, naquela hora, a cantar alegre e satisfeito, a sua cantiga de cambular galinhas? As pessoas pasmadas e até a Cabíri deixou de mexer, só a cabeça virava em todos os lados, revirando os olhos, a procurar no meio do vento esse cantar conhecido que lhe chamava, que lhe dizia o companheiro tinha encontrado bicho de comer ou sítio bom de tomar banho de areia. Maior que todos os barulhos, do lado de lá da quitanda de sô Zé, vinha, novo, bonito e confiante, o cantar dum galo, desafiando a Cabíri...

E, então, sucedeu: Cabíri espetou com força as unhas dela no braço do sargento, arranhou fundo, fez toda a força nas asas e as pessoas, batendo palmas, uatobando e rindo, fazendo pouco, viram a gorda galinha sair a voar por cima do quintal, direita e leve, com depressa, parecia era ainda pássaro de voar todas as horas. E como cinco e meia já eram, e o céu azul não tinha nem uma nuvem daquele lado sobre o mar, também azul e brilhante, quando todos quiseram seguir Cabíri no voo dela na direcção do sol, só viram, de repente, o bicho ficar um corpo preto no meio, vermelho dos lados e, depois, desaparecer na fogueira dos raios do sol...

Ainda com as mãos nos olhos magoados da luz, o sargento e os soldados saíram resmungando a ocasião perdida de um churrasco sem pagar. As mulheres miravam-lhes com olhos gozões, as meninas riam. O vento veio soprar devagar as folhas das mandioqueiras. Nga Zefa sentia o peito leve e vazio, um calor bom a encher-lhe o corpo todo: no meio do cantar do galo, ela sabia estava sair no quintal dela, conheceu muito bem a voz do filho, esse malandro miúdo que imitava as falas de todos os bichos, enganando-lhes. Chamou Xico, riu nas vizinhas e pondo festas nos cabelos do monandengue, falou-lhes, amiga:

— Foi o Beto! Parecia mesmo era galo. Aposto a Cabíri já está na capoeira...

Vavó Bebeca sorriu também. Segurando o ovo na mão dela, seca e cheia de riscos dos anos, entregou para Bina.

— Posso, Zefa?...

Envergonhada ainda, a mãe de Beto não queria soltar o sorriso que rebentava na cara dela. Para disfarçar, começou dizer só:

— É, sim, vavó! É a gravidez. Essas fomes, eu sei... E depois o mona na barriga reclama!...

De ovo na mão, Bina sorria. O vento veio devagar e, cheio de cuidados e amizade, soprou-lhe o vestido gasto contra o corpo novo. Mergulhando no mar, o sol punha pequenas escamas vermelhas lá em baixo nas ondas mansas da Baía. Diante de toda a gente

LUUANDA

e nos olhos admirados e monandengues de miúdo Xico, a barriga redonda e rija de nga Bina, debaixo do vestido, parecia era um ovo grande, grande...

*

Minha estória.

Se é bonita, se é feia, vocês é que sabem. Eu só juro não falei mentira e estes casos passaram nesta nossa terra de Luanda.

Luanda, 1963 / Lisboa, 1972

índice

11

VAVÓ XÍXI E SEU NETO ZECA SANTOS

61

ESTÓRIA DO LADRÃO E DO PAPAGAIO

149

ESTÓRIA DA GALINHA E DO OVO

Esta edição especial de
LUUANDA,
fac-similada com base no original de 1972,
foi executada
nas oficinas da
Gráfica de Coimbra, Lda.
e acabou de se imprimir
em Outubro de 2007.

ISBN 978-972-44-1372-3
Depósito Legal n.º 266141/07

Esta tiragem especial,
impressa em papel
Munken Pure de 120 gramas,
consta de 1000 exemplares,
numerados de 1 a 1000,
que vão assinados
por José Luandino Vieira
e por José Rodrigues.
Dela foram ainda feitos 25 exemplares,
numerados de I a XXV,
fora do mercado.

Exemplar n.º